SU BIEN MÁS PRECIADO

CHANTELLE SHAW

Editado por Harlequin Ibérica.
Una división de HarperCollins Ibérica, S.A.
Núñez de Balboa, 56
28001 Madrid

I.S.B.N.: 978-84-687-9963-6
Depósito legal: M-17526-2017
Impresión en CPI (Barcelona)
Fecha impresion para Argentina: 5.3.18
Distribuidor exclusivo para España: LOGISTA
Distribuidores para México: CODIPLYRSA y Despacho Flores
Distribuidores para Argentina: Interior, DGP, S.A. Alvarado 2118.
Cap. Fed./Buenos Aires y Gran Buenos Aires, VACCARO HNOS.

Capítulo 1

EN QUÉ puedo ayudarte? –preguntó Alekos Gionaki con tono seco, cuando entró en su despacho el lunes por la mañana y vio allí a una desconocida preparando café en la máquina de su despacho.

Durante el mes anterior, había tenido cuatro secretarias temporales. Todas habían resultado ser inadecuadas en la tarea de organizar su apretada agenda. Pero, esa mañana, su eficiente asistente personal volvía de sus vacaciones. Y él lo estaba deseando. La idea de que Sara pudiera haber retrasado su reincorporación por alguna razón y, por lo tanto, la perspectiva de tener que arreglarse con otra sustituta, le ponía de muy mal humor.

Posó la mirada en el pelo de aquella mujer, que le caía suelto sobre los hombros y abarcaba todos los tonos de castaño, desde el caramelo, hasta el café. Su atractiva figura estaba embutida en una blusa rosa y una falda blanca entallada, un par de centímetros por encima de la rodilla.

Bajando la mirada, Alekos apreció sus esbeltas piernas, ensalzadas por sandalias de tacón alto que dejaban ver los dedos de sus pies. El rosa fucsia de sus uñas parecía más indicado para un día en la playa que para las prestigiosas oficinas de Gionakis Enterprise en Piccadilly.

–Buenos días, Alekos.

Él frunció el ceño. Esa voz le resultaba familiar.

Suave y melodiosa, le recordaba a un claro arroyo de montaña.

—¿Sara?

Aparte de la voz, Alekos no reconocía nada más de su secretaria. Cuando ella se giró, sin embargo, el intenso verde de sus ojos le confirmó que no habían sido imaginaciones. Lo inesperado era aquel brusco cambio de estilo, pues en los dos años anteriores, Sara siempre había llevado conjuntos discretos, trajes de chaqueta con falda larga color azul marino con blusas abrochadas hasta el cuello.

Inteligente, práctica y discreta, así habría descrito Alekos a su secretaria antes de que ella hubiera decidido irse de vacaciones a España durante un mes. Cuando él se había quejado, ella le había recordado que no había usado ninguna de las vacaciones previstas en su contrato desde que había empezado a trabajar para él, aparte de un día en que había asistido al funeral de su madre.

A Alekos se la había imaginado vagamente en un viaje turístico por España para visitar lugares de interés arquitectónico o histórico. Sabía que a ella le gustaba la historia. Había pensado que, sin duda, sus compañeros de tour serían jubilados y haría amistad con algún pensionista o con una viuda que aceptaría con gratitud la compañía de una persona de naturaleza tan amable como Sara.

Su imagen de las vacaciones de su secretaria se había hecho pedazos cuando Sara le había contado que iba a salir de viaje con un grupo de JLS, siglas de Jóvenes, Libres y Solteros. Como su nombre indicaba, ese tour operador se especializaba en clientes en la veintena que querían pasarse todas las noches de fiesta o bailando en la playa. Cuando él había comentado que, más que JLS, deberían llamarse JSD, Jóvenes Sexualmente Disponibles, ella se había reído. Y le había sorprendido confesando que estaba deseando soltarse la melena en España.

De nuevo, Alekos posó los ojos en su pelo. Recordó el moño apretado que había lucido siempre durante dos años, apresado con un arsenal de pasadores de metal.

–Llevas un peinado nuevo –observó él con tono abrupto–. Estoy intentando deducir por qué pareces tan cambiada.

–Me lo corté cuando estaba fuera. Lo tenía demasiado largo, casi por la cintura. Estaba cansada de tener que recogérmelo todo el tiempo –repuso ella y se pasó los dedos por el sedoso pelo. A la luz del sol que entraba por la ventana, le relucían reflejos de oro--. Y, por fin, he cambiado las gafas por lentillas. Debo admitir que me está costando un poco acostumbrarme. A veces, me lloran los ojos.

Alekos se sintió aliviado porque ella no estuviera dedicándole una seductora caída de pestañas. Solo parpadeaba porque le molestaban las lentillas. Sin las gafas de pasta que solía llevar, su rostro resultaba mucho más bonito de lo que recordaba.

También, Alekos se preguntó si se habría hecho alguna operación de estética en los labios. No se acordaba de que fueran tan carnosos y apetitosos. Daban ganas de mordisqueárselos y... Obligándose a bloquear ese pensamiento, se repitió que no era más que su discreta secretaria. En una ocasión, una de sus amantes rubias y exuberantes la había bautizado como señorita Ratón.

El apodo había encajado con su aspecto, pero no con el agudo ingenio que él siempre había admirado. Ni con su inteligencia y su atrevimiento. Sara Lovejoy era la única mujer que había conocido que no temía expresar su opinión... incluso, si era distinta a la de su jefe.

–Te dejo el café en la mesa, ¿verdad? –dijo ella y, sin esperar respuesta, atravesó el despacho y depositó la taza en el escritorio.

Alekos no pudo evitar fijarse en el sensual contoneo de sus caderas. Cuando se inclinó sobre la mesa, la falda se le ajustó más a la curva de los glúteos.

Él carraspeó y apretó los dedos alrededor del asa del maletín que se había colocado delante para ocultar su erección. ¿Qué diablos le estaba pasando? Por primera vez en un mes, se había levantado de buen humor esa mañana, sabiendo que Sara volvería y se ocuparía de desatascar el montón de trabajo que se había ido acumulando en su ausencia.

Pero el trabajo era lo último que él tenía en mente cuando ella se volvió hacia él. La blusa rosa de seda resaltaba la tentadora curva de sus pechos. Llevaba dos botones abiertos, no lo suficiente para exhibir escote, pero sí para hacer que a él se le acelerara el pulso, al imaginársela despojándose de ese pedazo de tela y del sujetador de encaje que se transparentaba debajo.

Se forzó a apartar la mirada de sus pechos y, cuando reparó en su fina cintura, carraspeó de nuevo.

–Eh... también... parece que has perdido peso.

–Unos cuantos kilos, la verdad. Supongo que es por el ejercicio que hice mientras estaba de vacaciones.

¿Qué clase de ejercicio había hecho en un grupo de jóvenes, libres y solteros? Alekos no era dado a las fantasías, pero su mente se vio bombardeada por imágenes de su secretaria rodeada de guapos españoles.

–Ah, sí, tus vacaciones. Espero que lo pasaras bien.

–Muy bien.

Su sonrisa le recordó a Alekos a un gato satisfecho después de comerse un plato de leche.

–Me alegro –dijo él, tenso–. Pero ahora no estás de vacaciones, así que no entiendo por qué has venido al trabajo con una ropa que está más indicada para la playa que para la oficina.

Cuando Alekos hablaba en ese tono frío y desaprobador, la gente solía agachar la cabeza de inmediato. Sin embargo, Sara se limitó a encogerse de hombros y se pasó las manos por la falda.

–Oh, en la playa llevaba puesta mucha menos ropa. En la Rivera Francesa, es normal que las mujeres hagan *top less* para tomar el sol.

¿Sara había hecho *top less*? Alekos trató de borrarse esa imagen de la cabeza.

–Creí que habías ido a España.

–Cambié de planes en el último momento.

Mientras Alekos digería el hecho de que su estructurada y organizada secretaria hubiera cambiado de planes de un plumazo, Sara caminó hacia él. ¿Cómo no se había dado cuenta antes de que sus ojos verdes relucían como esmeraldas cuando sonreía? Le irritaba pensar esas cosas, pero no podía dejar de contemplarla.

Además de nuevo peinado y estilo de vestir, llevaba un perfume diferente. Era un seductor aroma con una pizca de limón y flores exóticas que excitaba sus sentidos... Y endurecía aun más su erección.

–¿Dónde me quieres?

–¿Qué? –dijo él, meneando la cabeza para no imaginársela tumbada en el sofá, con la falda levantada y las piernas abiertas, esperándolo.

Maldiciendo para sus adentros, se dio cuenta de que Sara lo observaba con extrañeza.

–¿Quieres que me ocupe de la montaña de papeles sobre mi mesa, que supongo que la sustituta me ha reservado a mí, o quieres que me quede aquí para tomar notas? –volvió a preguntar ella con paciencia. Poniéndose en jarras, añadió–: Sé que la sustituta que elegí para que me cubriera solo duró una semana y que, de recursos humanos, enviaron otras tres más, pero las echaste en cuestión de días.

–Eran unas inútiles –le espetó él. Al mirarse el reloj, se dio cuenta de que llevaba más de diez minutos prestándole atención a su secretaria, con quien no solía perder más que una rápida mirada de cinco segundos. Se sintió molesto por lo atractiva que le resultaba y cómo su cuerpo respondía a ella–. Espero que te hayas mentalizado de que hay mucho trabajo por hacer.

–Imaginé que me atarías a la mesa cuando regresara –replicó ella, cortante.

Alekos afiló la mirada, tratando de adivinar si Sara era consciente del efecto que le producía. Sin poder evitarlo, se la imaginó tumbada en la mesa, atada, desnuda.

Confundido, se dijo que jamás había pensado en ella de esa manera. De hecho, había elegido contratarla, en parte, por su aspecto anodino. Como presidente de la compañía, necesitaba estar concentrado por completo en su trabajo. No podía correr el riesgo de que ninguna mujer lo distrajera.

Alekos había llegado a ser presidente de la empresa, especializada en construir yates de lujo, hacía dos años, tras la muerte de su padre. Entonces, había decidido que el aspecto poco atractivo de Sara, junto con sus excelentes capacidades como secretaria y su impecable ética profesional, la convertían en perfecta para el papel de asistente personal.

Se acercó a la mesa, se sentó y tomó un trago de café antes de volver a mirarla.

–Tengo que hacer unas cuantas llamadas, mientras seguro que encuentras qué hacer. En media hora, quiero que vuelvas con la carpeta de Viceroy.

–¿No olvidas algo? –dijo ella y, cuando él arqueó las cejas con gesto interrogativo, explicó–: Las cosas se piden por favor. Alekos, si te digo la verdad, no me extraña que asustaras a cuatro sustitutas en unas semanas, si te comportabas con ellas de forma tan desagradable como lo estás haciendo esta mañana. ¿No tendrás problemas de faldas? Esa es la razón habitual por la que vienes a la oficina con cara de perro.

–Debes saber que nunca permito que mis relaciones personales duren lo suficiente como para que se conviertan en un problema –contestó él y se recostó en el asiento, mirándola con severidad–. Recuérdame una cosa, Sara. ¿Por qué tengo que tolerar tu insolencia?

Ella sonrió con ojos brillantes.

–Porque soy buena en mi trabajo y no quieres acostarte conmigo –repuso ella–. Es lo que me dijiste en la entrevista antes de contratarme y supongo que las cosas no han cambiado, ¿verdad?

Sara salió del despacho y cerró la puerta, antes de que él pudiera pensar en una respuesta adecuada. Diablos, a veces, su secretaria se pasaba de la raya, pensó, con el corazón acelerado. No podía explicar la extraña sensación que experimentó al darse cuenta de que su exótico aroma invadía la habitación.

Estaba conmocionado por la súbita transformación de Sara. Pero seguía admirando su honestidad. Ninguno de los demás empleados de Gionakis Enterprises se atrevería a hablarle como ella acababa de hacerlo. Era refrescante que alguien se enfrentara a él, sobre todo, cuando todo el mundo y las mujeres en especial siempre le decían que sí.

Entonces, se preguntó qué pensaría Sara si le confesaba que había cambiado de opinión y sí quería acostarse con ella. ¿Estaría dispuesta a aceptar o sería la única mujer en el mundo que lo rechazara? Casi tuvo la tentación de averiguarlo. Pero su sentido práctico le ganó el pulso. De acuerdo, podía sentirse atraído por ella. Sin embargo, sabía que había cientos de mujeres dispuestas a satisfacer su frustración sexual, mientras una buena secretaria valía su peso en oro.

Era un día de mucho trabajo. Alekos abrió su portátil pero, extrañamente, no sintió el habitual entusiasmo por ponerse manos a la obra. Giró la silla de cara a la ventana y contempló las calles llenas de tráfico y gente.

Le gustaba vivir en la capital de Inglaterra, aunque prefería el sol de junio a los días cortos y fríos del invierno. Después de la muerte de su padre, tanto la junta directiva de GE como su familia había esperado que Alekos se mudara a Grecia y dirigiera la compañía desde su oficinas en Atenas. Su padre así lo había hecho y, antes que él, su abuelo.

Su decisión de trasladar la sede a Londres se debía a razones de negocios. Estaba más cerca a la creciente lista de clientes de GE en Florida y en las Bahamas. Además, el ambiente cosmopolita de la capital era idóneo para entretener a su clientela formada por millonarios dispuestos a gastarse cantidades ingentes de dinero en un yate de lujo, el símbolo de estatus de moda.

En lo personal, por otra parte, había estado ansioso de establecerse como presidente lejos del centro de influencia de su padre en Atenas. El edificio de GE en la capital griega había tenido el aspecto de un palacio y Kostas Gionakis había sido el rey. Él se sentía como un mero usurpador.

Apretando la mandíbula, se dijo que Dimitri debería haber ocupado el puesto de su padre, no él. Pero su hermano había muerto hacía veinte años, supuestamente en un trágico accidente. Sus padres habían estado hundidos y él nunca les había hablado de sus sospechas acerca de su muerte.

Alekos había tenido catorce años entonces. Había sido el más joven de su familia, seis años menor que Dimitri.

Había idolatrado a su hermano. Todo el mundo había admirado al heredero del imperio Gionakis. Dimitri había sido guapo, atlético e inteligente, y había sido educado desde la infancia para liderar el negocio familiar.

Sin embargo, había sucedido lo impensable. Había muerto y, de pronto, Alekos se había convertido en el futuro de la compañía, un hecho que su padre no había dejado de recordarle a todas horas.

¿Había creído Kostas que su hijo menor podía ser tan buen presidente de GE como su primogénito? Alekos lo dudaba. Siempre se había sentido tratado como el segundón. Y sabía que algunos miembros de la junta directiva seguían sin verlo con buenos ojos y desaprobaban su vida de playboy.

Sin embargo, demostraría a los que dudaban de sus habilidades que se equivocaban. En los dos años que llevaba como presidente, los beneficios habían aumentado y estaban expandiéndose a nuevos mercados en todo el mundo. Quizá, su padre habría estado orgulloso de él. Nunca lo sabría. Lo que sabía seguro era que no podía dejarse distraer por su secretaria solo porque se había convertido en una atractiva mujer de la noche a la mañana.

Apartándose de la ventana, abrió un documento en su ordenador y se concentró en el trabajo. Le debía a la memoria de su hermano asegurar que GE fuera tan exitosa como lo había sido con su padre y como lo habría sido, sin duda, con Dimitri como presidente.

Sara ignoró la sensación de culpa cuando pasó por delante de su mesa, abarrotada de trabajo, y se dirigió al baño. El espejo confirmó sus miedos. Sus mejillas sonrojadas y sus pupilas dilatadas delataban su reacción a Alekos.

Había estado tratando de controlarse durante todo el tiempo que había estado en su despacho. Había estado ocultando sus sentimientos hacía él durante dos años, sin embargo, cuando lo había visto esa mañana, después de un mes, el pulso se le había acelerado al máximo y la boca se le había quedado seca.

El corazón se le aceleraba en el pecho cada vez que estaba cerca de Alekos, eso no era nuevo. Aunque había perfeccionado el arte de esconder sus emociones tras una fría sonrisa, consciente de que su trabajo así lo requería. Cuando la había nombrado su asistente personal entre decenas de candidatas, Alekos le había dejado claro que nunca mezclaba los negocios con el placer y que no había ninguna posibilidad de que mantuvieran una relación sexual.

Entonces, su arrogancia había irritado a Sara, que había estado a punto de responderle que no pensaba repetir el error de su madre, teniendo una aventura con su jefe.

Durante los dieciocho meses que había trabajado en el departamento de contabilidad, antes de ser ascendida, había escuchado que los miembros de la junta directiva desaprobaban el estilo de vida de mujeriego de Alekos, que atraía la atención de la prensa sobre temas equivocados. Por eso, entendía que él quisiera mantener los límites profesionales con sus empleadas. Lo que quería de su secretaria era eficiencia, dedicación y la habilidad de pasar desapercibida. Y su indumentaria sencilla y conservadora hasta entonces lo había permitido a la perfección.

En realidad, habría estado dispuesta a ponerse un hábito de monja si Alekos se lo hubiera pedido, porque necesitaba ese empleo. Con su ascenso como asistente personal del jefe había logrado, por fin, que su madre se sintiera orgullosa de ella. Por primera vez, Joan Lovejoy no había estado decepcionada.

Se preguntaba si su madre habría amado al hombre que la había abandonado tras haberla dejado embarazada. Sin embargo, Joan se había negado a revelarle a Sara la identidad de su progenitor y apenas le había hablado de él. Solo le había comentado de pasada que había sido un universitario destacado en Oxford y que era una pena que su hija no hubiera heredado su brillantez académica.

Sara se había pasado casi toda la vida comparándose con un hombre sin rostro y sin nombre, a quien nunca había conocido... hasta hacía seis semanas. Después de haberlo visto, sabía por fin de quién había heredado sus ojos verdes. Su nombre era Lionel Kingsley y era un reconocido político. La había sorprendido cuando la había llamado por teléfono y le había comunicado que podía ser su padre. Ella había aceptado hacerse una prueba de ADN para salir de dudas, aunque había estado segura de que el resultado solo confirmaría lo que ya sabía. Cuando se miraba al espejo, veía los ojos verdes de su padre.

Por primera vez, se sintió una persona completa. De pronto, comprendió muchas cosas sobre sí misma, como su amor por el arte y su creatividad, que siempre había suprimido porque su madre le había obligado a concentrarse en los estudios.

Lionel era viudo y tenía dos hijos, hermanastros de Sara. Ella estaba nerviosa y ansiosa de conocerlos. Comprendía que a su padre le preocupara la reacción que tendrían al saber que había tenido una hija ilegítima. Por eso, ella le había aconsejado que esperara a que estuviera preparado para reconocerla públicamente. Y, por fin, había llegado el momento. Lionel la había invitado a su casa el fin de semana, para presentarle a Freddie y Charlotte Kingsley.

Sara había visto fotos suyas. Lo cierto era que se

parecía mucho a sus hermanastros. Aunque sus seme-
janzas físicas poco tenían que ver con sus estilos de
vestir. Charlotte solía llevar atuendos ajustados y elegantes, que resaltaban lo anodino y poco sexy de los
amplios trajes de chaqueta de color oscuro que Sara
había llevado a la oficina.

La ropa nueva que se había comprado durante las
vacaciones no tenía nada de escandaloso. La falda y la
blusa que llevaba eran perfectamente decentes para ir al
trabajo. Además, lo había pasado en grande yendo de
compras en la Riviera Francesa, donde su padre le había
ofrecido una casa de vacaciones. Había bajado una talla
de tanto nadar y jugar al tenis y le encantaba ponerse
vestidos y faldas que remarcaran su cuerpo en forma.

Se pasó los dedos por el pelo. Todavía no se había
acostumbrado a llevarlo suelto sobre los hombros. Le
hacía sentir más femenina y... sexy. Se había dado unas
mechas rubias para complementar los reflejos que había adquirido después de haberse pasado un mes al sol.

Quizá, era verdad que las rubias se divertían más.
También, tenía que reconocer que haber conocido a su
padre le había dado una nueva sensación de confianza
en sí misma. Se sentía completa, al fin. Y no quería
volver a pasar inadvertida nunca más. Mientras había
viajado en metro esa mañana, de camino al trabajo, se
había preguntado si Alekos repararía en su cambio de
imagen.

Mirándose el rostro sonrojado en el espejo, Sara
hizo una mueca. En realidad, había esperado que se fi-
jara en ella y dejara de tratarla como a un mueble de
oficina, funcional pero poco interesante.

Bueno, pues su deseo se había hecho realidad. Alekos se había quedado anonadado cuando la había visto
y la había recorrido con los ojos impregnados de un
nuevo brillo. A ella le había subido la temperatura cuando

él se había detenido en sus pechos. ¿Habría notado su jefe que se le habían endurecido los pezones? Era difícil ocultar que la excitaba más que ningún otro hombre en el mundo.

Su decisión de renovarse y cambiar de imagen le pareció, de pronto, mala idea. Cuando se había vestido con ropas anodinas, no había tenido que preocuparse porque él se la quedara mirando doce veces al día. Al parecer, para su jefe más que una mujer había sido solo una especie de secretaria robot. Sin embargo, en ese momento, se estremeció al recordar su mirada ardiente cuando había estado en su despacho. Casi deseó correr a su casa para cambiarse. Aunque no podía. Sus viejas ropas amplias y grises se le habían quedado demasiado grandes, así que las había donado a la beneficencia.

No había vuelta atrás. La vieja Sara Lovejoy se había ido para siempre y la nueva Sara había llegado para quedarse. Alekos iba a tener que acostumbrarse.

Capítulo 2

A LAS nueve y media en punto, Sara llamó a la puerta de Alekos y respiró hondo antes de entrar en su despacho. Él estaba sentado detrás de su mesa, recostado en la silla mientras hablaba por teléfono. Le dedicó una breve mirada y se volvió hacia la ventana, continuando con su conversación.

Sara se dijo que no debía sentirse decepcionada por su falta de interés. Sin duda, la mirada de deseo que había creído percibir antes solo había sido fruto de su imaginación. Solo porque se hubiera cambiado de peinado y de vestuario no quería decir que se hubiera convertido en la mujer de sus fantasías. A él le gustaban las rubias elegantes con piernas largas. En los últimos dos años, había salido con un desfile de modelos y jóvenes de la alta sociedad, de las que se había aburrido siempre en cuestión de semanas.

Sin poder evitarlo, a Sara se le aceleró el corazón de nuevo. Lo contempló mientras él seguía al teléfono y se fijó en su fuerte mandíbula con una sombra de barba, sus ojos negros y penetrantes, sus mejillas varoniles. Era una combinación irresistible para las mujeres. El pelo grueso y negro solía caérsele sobre la frente, y su boca... Ella posó los ojos en su hermosa boca. Sensual y carnosa cuando estaba relajado y desarmadora cuando sonreía, también podía curvarse en una expresión cínica cuando quería incomodar a alguien.

–No te quedes ahí mirando, Sara.

La voz de Alekos la sobresaltó. Se dio cuenta de que él había terminado la llamada y la había sorprendido observándolo.

–Tenemos mucho que hacer.

–Estaba esperando que terminaras de hablar por teléfono –repuso ella. Por suerte, sus dos años de práctica en ocultar lo mucho que le gustaba su jefe la ayudaron a fingir calma y compostura. La forma en que él pronunciaba su nombre, cargando cada sonido de sensualidad, le provocaba una extraña sensación de intimidad. Pero, por supuesto, no había intimidad ninguna entre ambos. Y nunca la habría.

Sara se obligó a caminar hacia él despacio mientras, con cada paso, era consciente de su atenta mirada. El brillo de sus ojos la hacía sentir como si la estuviera desnudando mentalmente. La piel le ardía cuando, por fin, se sentó en la silla delante del escritorio de su jefe.

Hubiera sido fácil dejarse impresionar por él. Sin embargo, cuando había sido ascendida a asistente personal, Sara se había dado cuenta de que Alekos estaba rodeado de gente que siempre le daba la razón. Y había decidido que ella no sería una más de las personas intimidadas por su poderosa personalidad. Se había percatado, también, de que él no profesaba mucho respeto hacia los aduladores que estaban ansiosos por agradarlo.

Pronto, ella había demostrado ser una buena secretaria. Pero la primera vez que había mostrado desacuerdo con Alekos sobre un tema de trabajo, él se había quedado petrificado. Después de un tenso tira y afloja, cuando ella se había negado a retractarse, él había afilado la mirada con un brillo de admiración en los ojos.

Sara valoraba su respeto más que nada, porque amaba su trabajo. Trabajar con Alekos era como montar en la montaña rusa: excitante, intenso y a todo ritmo, sin contar con que sería difícil encontrar un empleo tan bien pagado como ese. Respirando hondo, reconoció para sus adentros que era halagador que su jefe, por fin, se hubiera fijado en ella. Pero, si quería mantenerse en su puesto de secretaria, debía ignorar su mirada de lobo depredador.

Ofreciéndole una fría sonrisa, apuntó con su lápiz al cuaderno.

–Estoy lista para empezar cuando quieras.

–Dudo que tengas tantas ganas de sonreír al final del día –repuso él, irritado–. Necesito que hoy te quedes hasta la noche.

–Lo siento, pero no puedo. Tengo otros planes.

Él frunció el ceño.

–Pues cámbialos. ¿Necesitas que te recuerde que tu contrato incluye la obligación de trabajar para mí las horas que sean precisas?

–Estoy segura de que no necesitas que te recuerde que siempre he trabajado horas extra cuando me lo has pedido –contestó ella con calma–. Me he quedado muchas veces hasta muy tarde, como aquel día que estuvimos hasta la una de la madrugada preparando el presupuesto para un jeque árabe antes de que regresara a Dubái. Nos dio resultado, porque el jeque Al Mansoor hizo un pedido de un millón de libras para comprar un yate.

Alekos hizo una mueca de furia, aunque no por eso resultaba menos atractivo.

–Puedo quedarme hasta tarde cualquier otro día de esta semana, si me necesitas –continuó ella, tratando de ser conciliadora. El mal humor de su jefe estaba a punto de estropear lo contenta que estaba por que iba a reunirse con su padre después del trabajo. Como Lionel Kingsley era un personaje público, no quería arriesgarse a que lo vieran en público con su hija ilegítima. Por eso, ella lo había invitado a cenar en su casa temprano–. Ah, tampoco me puedo quedar hasta tarde el viernes –añadió–. La verdad es que necesito salir una hora antes porque me voy fuera el fin de semana –señaló, al acordarse de que había quedado con su padre para ir a visitarlo a Berkshire–. Trabajaré durante mi hora de comer para compensar el tiempo.

–Vaya, vaya –comentó él con una sonrisa sardónica–. Te vas fuera un mes y vuelves con un peinado nuevo y... muy mejorada. Además, de pronto, tienes vida social. Me pregunto si un hombre es el responsable de ese cambio, Sara.

–Mi vida personal no es asunto tuyo –señaló ella, sin perder la compostura. Era cierto que un hombre era responsable de su cambio, pero no se trataba de un amante, como Alekos sugería. Le había encantado conocer a su padre, que la había invitado a pasar las vacaciones con él en su casa en el sur de Francia. Aunque le había prometido a Lionel que no le contaría a nadie que era su hija.

En el fondo, le decepcionaba que su padre quisiera mantener en secreto su relación. Era como si se avergonzara de ella. Pero se recordó a sí misma que le iba a presentar a sus hermanastros el viernes. Tal vez, entonces, estaría preparado para reconocerla públicamente como su hija.

–Será asunto mío, si tu trabajo se ve afectado porque estás babeando por algún tipo –le espetó él.

Sara se negaba a dejarse intimidar por las andanadas verbales de Alekos. Golpeó el cuaderno con el lápiz.

–Estoy lista para empezar a trabajar, cuando quieras.

Alekos tomó la carpeta de un cliente de una pila que tenía en la mesa, pero no la abrió. Se recostó en la silla con expresión indescifrable, mientras la contemplaba en silencio. La tensión creció. Y a ella se le aceleró el pulso al máximo.

—¿Por qué cambiaste tus planes de viaje para ir a Francia en vez de a España?

—La compañía de viajes canceló el vuelo, pero un... amigo me invitó a quedarme en su casa en Antibes.

—¿Es el mismo hombre cuya voz oí en el fondo cuando te llamé para preguntarte algo sobre la cuenta de Miami hace una semana?

Sara se puso tensa. ¿Habría reconocido Alekos la voz de su padre, un político famoso?

—¿Por qué te interesa, de pronto, mi vida privada?

—Me preocupa tu bienestar y me parece oportuno recordarte que los romances de vacaciones no suelen durar.

—¡Por todos los santos! —exclamó ella. Sabía de sobra que su jefe no estaba preocupado por su bienestar. Más bien, temía que no pudiera concentrarse en el trabajo, si un hombre le rompía el corazón—. ¿Qué te hace pensar que he tenido un romance?

Alekos la recorrió con la mirada con gesto apreciativo, haciéndola sonrojar.

—Es obvio. Antes de que te fueras de vacaciones, llevabas ropas de monja que camuflaban tu figura. Pero, después de haber pasado un mes en Francia, has sufrido una transformación y te has convertido en una mujer muy atractiva. No hace falta ser muy agudo para deducir que una aventura amorosa es la causa de tu nueva sensualidad.

—Bueno, por supuesto, *tú* deduces que un hombre es la causa por la que he cambiado de aspecto —contraatacó ella, perdiendo los nervios—. No podrías pensar que he decidido cambiar mi guardarropa porque me ha dado la gana.

La expresión cínica de Alekos la llenó de rabia. También, la ofendía. ¿De veras había estado tan horrible con su traje de chaqueta azul marino y el pelo recogido en un moño?

—Eres un típico macho egocéntrico —le espetó ella, ignorando la mirada de advertencia de él—. ¿Igual crees que he cambiado de imagen para impresionarte a ti?

El teléfono de la mesa sonó y Sara alargó la mano de forma instintiva, para responder. Alekos hizo lo mismo, a la vez. Cuando sus dedos se rozaron, ella se sintió recorrida por una corriente eléctrica.

—¡Oh! —dijo ella, tratando de apartar la mano. Pero él la sujetó de la muñeca y le acarició el pulso acelerado con el pulgar.

—Cuando te vestiste para venir a trabajar esta mañana, ¿elegiste las ropas pensando en complacerme? —preguntó él, penetrándola con su intensa mirada.

Sara se sonrojó.

—Claro que no —negó ella. De ninguna manera, iba a reconocer, ni ante sí misma ni mucho menos ante Alekos, que llevaba dos años fantaseando con que la deseara. Lo miró a los ojos y tragó saliva—. ¿Vas a responder la llamada? —dijo, sin aliento.

Para su alivio, Alekos la soltó y levantó el auricular. Sara se contuvo para no saltar del asiento y salir corriendo del despacho. En vez de eso, se acercó a la otra punta de la habitación, a la máquina de café. La rutina familiar de cargarla de agua e insertar una cápsula de café le dio unos instantes de respiro para retomar la calma.

¿Por qué había reaccionado así? Siempre había sido cuidadosa de ocultarle la atracción que sentía. Sin embargo, era imposible que él no se hubiera percatado de cómo le había latido el pulso en la muñeca... y en todo el cuerpo.

Por suerte, Alekos no la miró cuando terminó la llamada y abrió la carpeta del cliente. Esperó a que

Sara se sentara y tomara el cuaderno de notas, antes de empezar a dictarle a la velocidad del rayo.

Aquello marcó la tónica para el resto del día, mientras trabajaban juntos para descargar la montaña de tareas que se había acumulado mientras ella había estado fuera. A las cinco en punto, ella se masajeó un momento los hombros doloridos y se fue al baño a peinarse y ponerse una nueva capa de pintalabios rosa.

Encontró a Alekos en su despacho, de pie junto a la mesa. Se estaba frotando el cuello con una mano, como si estuviera tan agotado como ella. Sara casi se había olvidado de lo alto que era. Había heredado su metro noventa de su abuelo materno, que había sido canadiense, como él mismo le había contado en una ocasión. Pero todo lo demás era típicamente griego, desde su complexión aceitunada hasta su pelo moreno o su arrogante creencia de que las mujeres se tirarían a sus pies con que solo chasqueara los dedos. El problema era que lo hacían, pensó ella.

Alekos estaba acostumbrado a tener a todas las mujeres que quería, pensó.

Él se giró hacia ella. Siempre, antes de irse, Sara se pasaba por su despacho para preguntarle si necesitaba algo más. Por lo general, su jefe solía despedirse sin ni siquiera levantar la vista del ordenador. Sin embargo, en aquel momento, la estaba mirando. Tenía un brillo de lobo hambriento en los ojos.

Excitada, Sara sintió como si una fuerza invisible la empujara hacia él. Entonces, Alekos parpadeó y el deseo desapareció de su mirada. Quizá, habían sido imaginaciones suyas nada más, se dijo ella.

—Me voy —dijo Sara. Sorprendentemente, su voz sonó normal, a pesar de que por dentro estaba temblando—. Terminaré de escribir el informe para los socios a primera hora mañana.

–¿Recuerdas que tenemos que asistir a la cena anual para la junta directiva el jueves por la noche?

Ella asintió.

–Traeré al trabajo el vestido que voy a llevar a la cena y me cambiaré aquí, como hice en la fiesta de Navidad.

–Es mejor que hables con el restaurante y compruebes que no van a servir marisco. Orestis Pagnotis es alérgico y, por mucho que me gustaría quitarme de encima a ese viejo, es mejor que no nos arriesguemos a que le siente mal la comida –comentó él con tono seco.

–Ya he pasado al restaurante una lista de los requisitos dietéticos de los comensales –informó ella con una sonrisa–. ¿Orestis sigue dándote problemas?

Él se encogió de hombros.

–Es de la vieja escuela. Se unió a la junta cuando mi padre era presidente y era un buen amigo suyo –explicó Alekos con un suspiro de frustración–. Orestis cree que corro demasiados riesgos. Como otros miembros de la junta, no es capaz de comprender que la compañía debe avanzar con los tiempos, que no se puede quedar en la Edad de Piedra. La última idea de Orestis es que el presidente debería estar casado.

Alekos murmuró algo en griego que no parecía muy halagador hacia aquel hombre en cuestión.

–Según Orestis, si me caso, demostraré que he dejado atrás mis aventuras de mujeriego y estaré más centrado en dirigir GE.

–¿Estás pensando en casarte? –preguntó Sara con el estómago encogido. De alguna manera, sin embargo, consiguió hablar como si, en realidad, no le importara demasiado. Sabía que él había terminado su idilio con la modelo sueca Danika poco antes de que ella se fuera de vacaciones. Pero, durante ese mes, era posible que hubiera empezado a salir con otra persona. Alekos nunca permanecía mucho tiempo célibe.

Tal vez, se había enamorado de la mujer de sus sueños. Era posible que, incluso, le pidiera que organizara
su boda. Si así era, a Sara no le quedaría más remedio
que forzarse a sonreír y ocultar que se le rompía el corazón, mientras lo organizaba todo para que los recién casados se fueran de luna de miel a algún destino exótico.

–Tendré que casarme algún día –dijo él sin ningún entusiasmo, sacándola de sus lúgubres pensamientos–. Soy
el último descendiente varón de los Gionakis y mi madre
y mis hermanas me recuerdan siempre que pueden que es
mi deber tener herederos. Es obvio que, primero, tendré
que encontrar una mujer adecuada como esposa.

–¿Y cómo pretendes hacerlo? –inquirió ella, sorprendida por su comentario–. ¿Harás entrevistas a las
candidatas? ¿Pedirás a las posibles novias que traigan
informes?

Al ver la sonrisa de Alekos, que parecía divertirse
con su indignación, Sara se enfureció todavía más.

–No es mala idea. ¿Por qué te molesta tanto, de todas formas?

–Porque haces que el matrimonio suene como... un
mercado de ganado en que elegir esposa sea como buscar una yegua de pura raza. ¿Qué pasa con el amor?

–Eso. ¿Qué pasa? –replicó él, contemplándola con
gesto especulativo–. Estadísticamente, casi la mitad de
los matrimonios terminan en divorcio. Apuesto a que la
mayoría fueron hechos por amor. Pero, con un índice
tan alto de fracasos, parece que es mejor dejar los sentimientos fuera de la ecuación y basar el matrimonio en
la compatibilidad social y financiera, en el mutuo respeto y los objetivos comunes, como formar una familia.

Sara meneó la cabeza.

–Tu arrogancia es increíble. Acusas a los miembros
de la junta de estar anclados en la Edad de Piedra, pero
tu visión del matrimonio es neolítica. Hoy en día, las

mujeres no se quedan sentadas esperando a que un hombre rico las elija como esposas.

–Te sorprendería saber que te equivocas –murmuró él con tono seco–. Cuando me decida a casarme, dentro de diez años o así, no será un problema encontrar una mujer que busque casarse con un millonario.

–Bueno, yo no me preocuparía por el dinero –replicó Sara con fiereza. Por dentro, le dolía el sueño roto que había albergado de que, un día, se enamoraría de ella. Escucharlo renegar del amor con tanta vehemencia le recordaba que era mejor que, cuanto antes, superara sus sentimientos hacia él.

–¿Prefieres jugarte tu felicidad futura por una emoción pasajera que solo existe en las poesías? El amor no es más que un eufemismo para el deseo sexual.

–Si me preguntas si creo en el amor, la respuesta es sí. ¿Por qué eres tan escéptico, Alekos? Una vez, me contaste que tus padres habían estado felizmente casados durante cuarenta y cinco años, hasta que murió tu padre.

–Eso demuestra mi teoría. Mis padres se casaron por conveniencia y les fue muy bien. El amor no era necesario, aunque creo que llegaron a quererse mucho a lo largo de su matrimonio.

Sara se rindió.

–Eres un cínico.

–No, soy realista. El amor tiene un lado oscuro. Yo conozco su poder destructivo.

Alekos recordó de golpe el fatídico día, hacía veinte años, en que se había encontrado con Dimitri andando por la playa. Su hermano había tenido los ojos rojos y, entre lágrimas, le había contado que se acababa de enterar de que su novia le había sido infiel. Había sido la última vez que había visto a Dimitri con vida.

–El amor es una ilusión –insistió él–. Y es mejor

no lo olvides, antes de entregarle tu corazón a un tipo que has conocido hace solo unas semanas.

Después de que Sara se hubo ido, Alekos se paró delante de las ventana. Minutos después, la vio salir del edificio y caminar por la acera. Incluso en la distancia, podía percibir el sensual contoneó de sus caderas.

Sintiendo que le subía la temperatura, maldijo en voz alta. Desear a su secretaria era algo inesperado. Se dijo a sí mismo que debía explicare por su frustración sexual. Llevaba casi dos meses sin acostarse con ninguna mujer, desde que había roto con su última amante.

–¿Qué estás buscando? –le había preguntado Danika cuando él le había comunicado que su aventura había terminado–. Dices que no quieres una relación permanente. Entonces, ¿qué quieres?

En ese momento, Alekos quería tener una mujer debajo de él, se dijo, consciente de su poderosa erección. La imagen de Sara inclinándose sobre la mesa, con la falda marcándole el trasero, saltó a su mente. Se la imaginó sin la falda, sin braguitas, acariciándole el cuerpo desnudo. En su fantasía, ya se había quitado la blusa y el sujetador, mientras él le sujetaba ambos pechos en las manos...

Maldiciendo de nuevo, Alekos se pasó la mano por el pelo, tratando de dejar de lado aquellos eróticos pensamientos. Sara era la mejor asistente personal que había tenido y estaba decidido a no poner en peligro su relación profesional. Era la única mujer, aparte de su madre y sus hermanas, en la que confiaba. Era discreta, leal y le hacía la vida más fácil en muchos sentidos, algo que no había apreciado hasta que ella se había ido un mes de vacaciones.

Si la convirtiera en su amante, no podía seguir empleándola como secretaria. Las aventuras de oficina nunca salían bien, sobre todo, cuando terminaban. Y, por supuesto, su relación terminaría en un par de meses. Era un hombre que se aburría enseguida y no tenía razón para pensar que su atracción por Sara duraría después de que se la hubiera llevado a la cama.

Alekos pensó en la fiesta a la que tenía que asistir esa noche. Quizá, conocería una mujer que despertara su interés durante más de una hora. Recibía muchas invitaciones a eventos sociales y no podía ni quería asistir a todas. Sin embargo, la de ese día le interesaba en especial. Quería conocer a cierto magnate del petróleo texano que estaría en la lista de invitados. Warren McCuskey quería comprarle un yate de lujo a su joven y caprichosa esposa. Y él estaba decidido a convencerle de que los yates de GE eran la mejor opción.

Desde la ventana, siguió contemplando a Sara, que parecía estar esperando a alguien en la calle. Un gran coche negro paró a su lado, la puerta trasera se abrió y ella se subió, marchándose en él.

Intrigado, Alekos se preguntó por qué el amigo de Sara no se habría bajado para recibirla. ¿Cuál era la verdadera razón de su cambio de imagen? Era todo muy misterioso. No recordaba la última vez que una mujer había despertado su curiosidad. Y lo más irónico era que acababa de despertar su interés alguien que había tenido delante de las narices durante dos años.

Capítulo 3

EL JUEVES por la noche, Alekos se miró el reloj de oro de la muñeca y frunció el ceño. Era hora de que Sara y él salieran para la cena de la junta directiva. Por lo general, cuando su secretaria le acompañaba a eventos de empresa, solía estar lista con tiempo de sobra. Le molestaba no haberla encontrado esperándolo cuando salió del baño privado que tenía junto al despacho, donde se había duchado y cambiado.

Se preguntó qué llevaría ella puesto. Recordó que, hacía unos meses, Sara se había quedado a trabajar hasta tarde y solo había salido de su despacho para cambiarse a toda prisa para la cena de Navidad, diez minutos antes de que comenzara. Había salido del vestuario con un vestido negro largo que, más bien, había parecido un sayo y no la había favorecido en nada.

Incluso había tenido la tentación de mandarla a cambiarse y ponerse algo más alegre. Los escaparates de las tiendas habían estado llenos de coloridos vestidos de fiesta por aquellas fechas. Sin embargo, entonces, se había acordado de que Sara había estado de luto por su madre, que había muerto hacía poco. Por una vez, la había observado con atención y, cuando había percibido sus ojeras y su rostro contraído, había sentido un atisbo de compasión por su secretaria.

Alekos centró sus pensamientos en el presente. La cena de la junta directiva era un evento sofisticado que le exigía llevar esmoquin, aunque se negaba a afeitarse. Se miró al espejo con una mueca, tocándose la sombra de barba. Sin duda, su enemigo Orestis lo acusaría de tener más aspecto de pirata que de presidente de una compañía multimillonaria.

La puerta se abrió detrás de él y Sara entró. Al ver su reflejo en el espejo, a Alekos se le quedó la boca abierta. Se alegró de estar de espaldas y de que ella no pudiera darse cuenta de la erección delatora que le creció al instante bajo los pantalones.

Llevaba un vestido color verde esmeralda con una falda larga que brillaba mientras andaba. Llevaba los hombros desnudos y un cinturón de cuentas de cristal le resaltaba la esbelta cintura.

Por delante, el vestido era elegante. Pero, cuando Sara se giró para comprobar que la máquina de café estuviera apagada, Alekos se dio cuenta de que llevaba la espalda desnuda hasta la base de la columna. La sangre se le incendió al momento.

—No puedes ir así —dijo él con voz ronca y conmocionada—. La mitad de los presentes tienen más de sesenta años y un par de ellos tienen problemas de corazón. Si te ven con ese vestido, es probable que les dé un infarto.

Ella se mostró genuinamente confundida.

—¿Qué tiene de malo mi ropa?

—Te falta la mitad.

—Bueno, técnicamente, supongo que es verdad. Pero no creo que la visión de mis hombros desnudos despierte en nadie un ataque de lujuria salvaje.

«No estés tan segura», pensó él. Nunca había pensado que la espalda desnuda de una mujer pudiera ser tan erótica. Sus dedos ansiaban recorrerle la columna y perderse en su tentadora desnudez.

Lo que quería hacer en realidad era tomarla entre sus brazos y devorarla hasta que ambos quedaran saciados encima del escritorio. Llevaba cuatro días teniendo esa fantasía recurrente. Era una tortura. Sara se había presentado en el despacho cada día con atuendos que le habían acelerado el corazón sin remedio. Sus faldas y blusas resaltaban sus curvas, sin ser provocativas ni mostrar demasiado. Pero, de alguna manera, había sido mucho más sexy que si hubiera llevado escotes y minifalda.

Alekos se miró el reloj de nuevo. Tenían que salir de inmediato, o llegarían tarde.

–Quién sabe lo que pensarán los miembros de la junta cuando te vean vestida como una modelo en una revista para hombres –murmuró él y abrió la puerta, para que Sara pasara delante–. Sabes que son muy conservadores –añadió, metiéndose las manos en los bolsillos para evitar la tentación de tocarla.

–Tonterías. Pensarán que llevo un vestido muy bonito –repuso ella con serenidad–. Les caigo bien a esos hombres. Saben que trabajo mucho y que nunca haría nada para dañar la compañía.

Alekos debía admitir que tenía razón. Hasta su gran enemigo, Orestis, admiraba a Sara. Incluso, alguna vez, le había comentado que debería encontrar una mujer para casarse que fuera tan prudente y discreta como su asistente personal.

El problema era que Sara ya no parecía su prudente y discreta secretaria, se dijo Alekos. Era una bomba explosiva y, aunque él no tenía ninguna intención de casarse con ella, no había duda de que la deseaba... mucho. No estaba acostumbrado a negarse nada a sí mismo. Pero las reglas que él mismo se había dictado sobre no tener ninguna aventura con sus empleadas la convertían en territorio prohibido. Aunque, para un rebelde como él, lo prohibido constituía una atracción irresistible. Era normal desear las cosas que no se podían tener, caviló en silencio, mientras iban en el coche. También era cierto que las reglas estaban hechas para romperse.

El restaurante estaba en un hotel de cinco estrellas en Park Lane, donde habían reservado un comedor privado para la ocasión.

–¡Alekos!

Una voz aguda lo asaltó en cuanto entró en la sala privada. Él maldijo para sus adentros cuando una joven se lanzó a su encuentro y le plantó dos besos en las mejillas con entusiasmo.

–Zelda –murmuró él, desasiéndose con educación de los brazos de la chica. Era la nieta de Orestis Pagnotis, una exuberante chica de dieciocho años vestida con un ajustado atuendo dorado.

Zelda se había quedado prendada de Alekos el año pasado, cuando habían coincidido durante unos días en una reunión con algunos de los ejecutivos, en el yate bandera de la compañía, *Artemis*. Una noche, se había encontrado a la adolescente esperándolo en su cama. Había conseguido convencerla de que regresara a su propio camarote y, desde entonces, había hecho todo lo posible por evitarla.

Pero el destino le había jugado una mala pasada esa noche, pensó él, mientras Zelda se aferraba a su brazo. No tuvo más remedio que entrar con ella en el salón, donde estaban servidos los cócteles de champán y los canapés. Cuando miró a su alrededor para buscar a Sara, su humor empeoró al verla charlando animadamente con el joven jefe del departamento de finanzas. Paul Eddis tenía unos treinta años, era rubio y, supuestamente, resultaba atractivo a las mujeres. Sara parecía feliz en su compañía, mientras Eddis la miraba con cara de tonto, como si no pudiera creerse la suerte que había tenido porque la mujer más hermosa de la reunión le estuviera prestando atención.

La velada fue de mal en peor, cuando tuvieron que ocupar sus sitios para cenar y Alekos descubrió que le tocaba sentarse junto a Zelda. Sara se había ocupado de arreglar las colocaciones y él le había pedido específicamente que lo pusiera alejado de la joven malcriada. ¿Había querido su secretaria gastarle una broma pesada? Cuando vio que ella se había sentado en otra mesa, de espaldas a él, se puso furioso y más todavía cuando vio cómo al camarero se le salían los ojos admirando su escote trasero.

Se obligó a comer un poco de *souflé* de queso, que era ligero pero le resultaba imposible de tragar.

–¿No deberías estar en el colegio? ¿O haciendo los deberes? –murmuró Alekos a Zelda, apartándose la mano que ella le había puesto en el muslo.

–Ya he terminado el colegio –repuso la joven, riendo–. Bueno, la directora insistió en que tenía que irme. Decía que era una mala influencia para las otras niñas. Pero no necesito aprobar los exámenes porque voy a ser modelo. Mi abuelo ha pagado a un fotógrafo muy bueno para que me haga un *book*.

–Si no te portas bien, quizá, tu abuelo se negará a pagarte la carrera de modelo.

–Oh, mi abuelo me dará todo lo que le pida –aseguró ella, acercándose más a Alekos–. Y, si no me porto bien, ¿vas a castigarme tú?

Alekos quería castigar a su secretaria por estarle haciendo pasar una velada tan incómoda. Furioso, clavó los ojos en sus hombros desnudos. Sí, lo volvía loco de deseo, no tenía más remedio que aceptarlo. Cuando, al fin, terminó la tortuosa cena, empezó a tocar la banda y él se levantó, ignorando los ruegos de Zelda para que bailara con ella. Sin embargo, mientras se alejaba de la mesa, Orestis lo interceptó por el camino.

–Es mejor que te mantengas lejos de mi nieta –le espetó el viejo, lanzándole dardos con la mirada–. Zelda es una joven inocente y no dejaré que la corrompas. Siempre he temido que tus modales de playboy hundan la reputación de la compañía. Seguro que no necesitas que te recuerde que precisas el voto de *todos* los miembros del consejo para implementar los cambios que quieres hacer en GE.

Alekos se esforzó por mantener su rabia bajo control.

–¿Me estás amenazando?

–Te sugiero que pienses en lo que te he dicho –advirtió Orestis.

Sara se levantó cuando Alekos se acercó a su mesa.

–¿Qué pasa? No parece que estés disfrutando de la fiesta.

–Me pregunto por qué será. ¿Crees que puede ser porque me sentaste junto a Zelda Pagnotis, después de que te había pedido expresamente que no lo hicieras? ¿O será porque Orestis cree que tengo planes para su nieta a la que, por cierto, cree tan inocente como un corderito?

–Yo no te he sentado a su lado –replicó ella, perpleja–. Cuando llegué, comprobé que los asientos estaban asignados como yo lo había organizado. Zelda debió de cambiar las tarjetas con los nombres.

Alekos suspiró con frustración al pensar en la manipuladora nieta de Orestis. Pero su frustración cambió de rumbo al sumergirse en los ojos verdes de Sara. Desde la otra punta del salón, Zelda se dirigía con decisión hacia él.

–Baila conmigo –le ordenó a Sara, tomándola de la mano, y la apretó contra su cuerpo.

Ella lo miró perpleja, aunque él fue incapaz de explicarle lo que pasaba. Estaba demasiado conmocionado por el fuego que le llenaba las venas mientras sentía sus pechos sobre el torso. No podía creer que fuera la misma mujer que se había mantenido rígida y reacia a pegarse a él cuando la había sacado a bailar en la fiesta de Navidad. La que tenía entre los brazos era suave y moldeable. Podía notar sus pezones erectos bajo el vestido y la firmeza de sus muslos mientras se movía con él al ritmo de la música.

—Me he dado cuenta de que te has colocado junto a Paul Eddis en la cena —dijo él, sintiendo un ácido aguijón en el estómago al recordar cómo ambos se habían pasado toda la velada charlando animadamente. Había tenido ganas de levantarse y arrancar a ese tipo de su sitio. ¿Serían celos? Él nunca había sido posesivo con una mujer, pero en ese momento sentía la urgencia de quitarse la chaqueta y cubrirle a Sara los hombros con ella—. Se supone que esta noche estas trabajando, no coqueteando con otros empleados, ni con los camareros.

Alekos vio cómo ella se sonrojaba y adivinó que estaba esforzándose por controlar su temperamento. Eso lo excitaba más de lo esperable. Quería moverle el tapete tanto como ella se lo movía a él.

—No he coqueteado con nadie. No seas ridículo.

—¿Lo soy? —repuso él. Sucumbiendo a la tentación, deslizó una mano por su cintura, hasta posarla en su columna desnuda. Su piel era suave como la seda y ardía—. Debes saber que todos los hombres que hay en el salón te desean.

Ella abrió mucho los ojos, tanto que parecían dos estanques verdes.

—¿Incluso tú?

Su talento para no dejarse amedrentar por él se había merecido el respeto de Alekos desde el principio. Pero, en ese momento, su lengua afilada borró su intención de controlarse y comportarse.

—¿Qué te parece a ti? —preguntó él a su vez, apretándola de la espalda para que sus pelvis entraran en contacto. Su dura erección no podía dejar lugar a dudas sobre la respuesta.

–Alekos... –murmuró ella, humedeciéndose los labios secos. Su intención había sido recordarle que estaban en la pista de baile, ante los ojos de los directivos de GE. Pero, en vez de sonar como su eficiente y educada secretaria, las palabras le salieron en un sensual susurro, como si estuviera actuando en una película porno, pensó avergonzada.

–Sara –se burló él, imitando su tono ronco.

La forma en que pronunció cada sílaba con su atractivo acento, hizo que ella se derritiera. Cuando había bailado con él en la fiesta de Navidad, había estado tensa y concentrada en que no notara que le gustaba. Sin embargo, esa noche la había tomado por sorpresa entre sus brazos. Bailar con él, sus torsos pegados, su mejilla apoyada en su solapa, era delicioso. Bajo la palma de la mano, podía notar los latidos del corazón de su acompañante, tan acelerado como el suyo propio.

Los últimos cuatro días en la oficina habían sido una refinada tortura, mientras Sara había intentado ocultar su atracción hacia él. Había sido más fácil cuando Alekos no se había fijado en ella. Pero, después de su vuelta de vacaciones, había nacido una innegable tensión sexual entre ambos. Ella había intentado ignorarla y, para ser sinceros, él también había parecido intentarlo. La mayor parte del tiempo, habían sido tan educados y distantes el uno con otro que habían parecido desconocidos, más que dos personas que llevaban dos años trabajando juntos.

Pero, en ocasiones, cuando le había lanzado una mirada de reojo a su jefe, lo había sorprendido observándola de una manera que incendiaba y humedecía su entrepierna. Era el mismo calor que la inundaba en ese momento. El contacto de la mano de Alekos en la espalda la quemaba, como si la estuviera marcando a fuego.

–Sara... mírame –susurró él con tono seductor.

Era imposible no sucumbir. Sara levantó la cara hacia él, como si fuera una marioneta a su merced. El corazón se le aceleró todavía más cuando sus miradas se entrelazaron. En realidad, llevaban toda la semana alimentando la tensión sexual que parecía a punto de estallar entre ellos como un volcán.

Sus rostros estaban tan pegados que Sara podía sentir la respiración de él sobre los labios. Nunca antes había estado tan cerca de su boca. Un impulso animal la empujaba a acercarse más todavía y entreabrir los labios, invitándolo a besarla.

Pero no podía dejar que Alekos la besara. Menos aun, delante de todo el equipo directivo de GE. Al recordar de golpe la situación en que se encontraban, el hechizo se rompió. Era aceptable que el presidente bailara con su secretaria, aunque no que la devorara en público como sus ojos advertían que pensaba hacer.

Cuando la banda terminó de tocar, Sara aprovechó la oportunidad para apartarse de él, murmurando la excusa de ir al baño. Mientras corría alejándose de la pista de baile, sintió su ardiente mirada sobre la espalda. Por suerte, el baño estaba vacío. Puso las muñecas bajo el chorro frío del lavabo para refrescar su piel acalorada. Menos mal que se había separado de él antes de que la hubiera besado, se dijo.

Con el estómago encogido, sin embargo, reconoció que se estaba engañando a sí misma. Quería que la besara más que nada en el mundo. Aunque, si lo hubiera hecho, habrían cruzado la línea y se habrían adentrado en territorio peligroso.

Sabía que no podía retrasar el regreso a la fiesta durante mucho tiempo más, pero se quedó allí unos minutos revisando los mensajes del móvil. El corazón le dio un pálpito cuando vio que tenía uno de su padre.

Cinco minutos más tarde, Sara seguía mirando su rostro blanco como el papel ante el espejo, diciéndose que no debía llorar. No era el momento adecuado, pues debía volver a la fiesta y sonreír y charlar con los invitados, como su trabajo requería. Iba a tener que esperar a estar sola en su casa para poder dar rienda suelta a las lágrimas. Leyó el mensaje de Lionel una vez más.

Después de pensarlo mucho, he decidido que no sería justo contarles a Frederick y a Charlotte que tienen una hermana. Estaban muy unidos a su madre y siguen llorando su pérdida. Si les digo que, hace años, le fui infiel a mi esposa, temo que les causaré un gran dolor. Espero que entiendas mi decisión. No es mi intención disgustarte, Sara, pero debo proteger a Freddie y a Charlotte y darles su tiempo para que pasen el duelo por su madre. Por desgracia, mi posición de ministro y figura pública significa que, si se sabe que tengo una hija ilegítima, eso atraería el interés indeseable de la prensa.

En otras palabras, su padre había decidido que era prioritario proteger los sentimientos de los hijos que había tenido en su matrimonio, antes que reconocer públicamente que era su hija, comprendió ella, dolida.

¿La razón era que, para su padre, ella era una decepción también, igual que para su madre? Todos sus sentimientos de baja autoestima renacieron con fuerza. Quizá, no era lo bastante lista, o lo bastante guapa para su famoso padre.

Y, tal vez, debería haberse puesto el aburrido traje negro que había llevado en la fiesta de Navidad. Su estilo clásico y discreto era perfecto para no llamar la atención. En vez de eso, se había puesto un atrevido atuendo con la secreta intención de llamar la atención de Alekos. ¿En qué había estado pensando? ¿De verdad quería tener una aventura con su jefe, cuando sabía que supondría el fin de su empleo? Había notado que él también la deseaba. Había sido innegable, por su poderosa erección. Aunque no debía engañarse a sí misma pensando que su aventura duraría más que las que él solía tener.

Alekos no era un príncipe azul. Ni su padre. Su madre le había enseñado que solo podía confiar en ella misma. Era una lección que no debía olvidar.

—¿Dónde diablos te has escondido los últimos veinte minutos? —le increpó Alekos, cuando se reunió con él en el bar—. Te he estado buscando por todas partes.

—¿Por qué? ¿Me necesitabas para algo?

—Deberías saber que necesito tener siempre a mano a mi asistente personal —repuso Alekos. Cuando Sara había desaparecido de su lado, se había visto obligado a esconderse detrás de una columna para evitar a Zelda. Él no temía a ningún hombre, pero una joven de dieciocho años decidida a clavarle el diente era demasiado peligrosa.

Sara se sentó en una banqueta. Parecía decidida a no mirarlo a la cara.

—¿Quieres beber algo? —preguntó él y le pidió al camarero un zumo de naranja, pues sabía que era lo que ella solía tomar.

—La verdad es que quiero un whisky con tónica, por favor —le dijo Sara al camarero—. Que sea doble.

Alekos la miró con atención y se dio cuenta de que estaba muy pálida. Parecía tensa y se preguntó si sería por la misma razón que hacía que a él se le agolpara la sangre en las venas. Había intentado convencerse a sí mismo de que la química que había percibido en la pista de baile había sido solo fruto de su imaginación. Pero su latente erección le recordaba que su fascinación por ella no era algo que debiera tomar a la ligera.

Frunciendo el ceño, vio cómo su acompañante se tomaba la copa de dos tragos.

—¿Te pasa algo? Pareces nerviosa.

—Me duele la cabeza.

—Seguro que te dolerá ahora, después de haberte acabado el whisky doble.

Sara se levantó de la banqueta y agarró su bolso.

—En serio... no me siento bien... Quiero irme a casa.

Por el rabillo del ojo, Alekos vio que Zelda se dirigía a la barra.

—Te llevaré —se ofreció él.

—No hace falta. Pediré un taxi.

—No me importa llevarte —aseguró él, sin mencionar que se alegraba de tener una excusa para irse de la fiesta—. Estás bajo mi responsabilidad y, por supuesto, te llevaré a tu casa si no estás bien.

En cuanto hubieron dejado atrás las calles del centro, en la autopista, Alekos pisó a fondo el acelerador de su deportivo. Veinte minutos después, llegaron a un tranquilo barrio a las afueras y aparcó delante de la casa adosada donde ella vivía.

—Gracias por traerme —dijo Sara, cuando él se bajó y dio la vuelta al coche para abrirle la puerta.

—De nada.

Las pocas veces que Alekos la había llevado antes a su casa, ella lo había invitado a tomar café, pero él siempre había declinado su amabilidad. Esa noche, ella no le ofreció nada, sin embargo, él sintió curiosidad por ver la casa por dentro. Pensó que podía darle más pistas para entender a esa mujer de la que tan poco sabía, a pesar de que llevaban dos años trabajando juntos.

–Buenas noches –se despidió ella y giró para irse. Pero se tropezó con un socavón en el pavimento y dio un traspié–. Ay.

–¿Estás bien? Eso es lo que pasa por tomarse un whisky doble cuando no estás acostumbrada al alcohol.

–Me he torcido un poco el tobillo. Alekos... –protestó ella, cuando su jefe la tomó en brazos y la llevó a través del jardín que conducía a su puerta–. De verdad, no es nada... estoy bien.

–Dame la llave.

Murmurando algo para sus adentros, Sara rebuscó la llave en el bolso. Sin duda, comprendía que no tenía sentido discutir con él. Alekos abrió, sin soltarla.

–Puedes dejarme ya en el suelo –dijo ella, removiéndose en sus brazos para liberarse.

Al sentir los pechos de ella frotándose contra su torso, él se excitó sin remedio. El deseo que se había encendido en el baile volvió a arder con fuerza.

–No deberías andar con tacones, si te has hecho un esguince.

–No creo que tenga un esguince –negó ella, tensa–. Has sido muy amable de traerme a casa, ¿pero puedes irte ya?

Ignorando su petición, Alekos siguió andando por el pasillo. Pasó de largo ante el salón y la cocina. Las dos habitaciones estaban pintadas de un color crema insípido, con una alfombra a juego. Había dos puertas en el lado opuesto.

–¿Cuál es tu cuarto?

–La segunda puerta. Ya puedo sola, gracias –dijo ella, cuando él abrió la puerta con el hombro y entró.

Cuando Sara encendió la luz, Alekos se quedó sorprendido por la decoración. Las paredes estaban cubiertas de murales con coloridas flores. El mismo tema floral se extendía a las cortinas y a la colcha. Tenía una cama individual repleta de osos de peluche y un enorme conejo rosa, que debían de ser reliquias de su infancia. La habitación contrastaba mucho con el resto de la casa.

—Es obvio que te gustan las flores –murmuró él–. ¿Quién pintó los murales?

—Yo.

—¿En serio? –replicó él, impresionado–. Tienes mucho talento. ¿Has estudiado pintura?

—No –negó ella–. Mi madre pensaba que estudiar arte era una pérdida de tiempo. Me animó a hacer secretariado, porque decía que era una carrera mucho más fiable.

Sara deseó que Alekos se fuera. Pensó en forcejear para que la bajara, pero sus brazos eran como bandas de acero y sabía que era imposible ganarle por la fuerza. Ya era bastante vergonzoso que su jefe creyera que estaba borracha y que, por eso, se había torcido el tobillo. Lo más probable era que la hubiera llevado en brazos adentro porque había considerado que era su deber no dejarla caminar con el pie lastimado. Sin embargo, no quería que estuviera en su dormitorio. Era su espacio privado y, cuando su madre había estado viva, había sido el único lugar donde había tenido permiso para dar rienda suelta a su creatividad. Un talento que, hacía poco, había descubierto que había heredado de su padre.

De pronto, recordó cada palabra del mensaje que Lionel le había enviado. Se dijo que era comprensible que su padre se preocupara más por los hijos de su matrimonio que por una hija ilegítima de la que no había sabido nada hasta hacía meses. Pero su rechazo le dolía de todos modos. Su madre había sido huérfana y, después de su muerte, ella se había sentido sola en el mundo, hasta que había conocido a su padre.

Las lágrimas que había conseguido contener cuando había estado en la fiesta llenaron sus ojos y comenzaron a rodarle por las mejillas. Se las secó con la mano y se tragó un sollozo. Quizá, nunca conocería a sus hermanos. Tal vez, su padre lamentaba haberla conocido.

–Sara, ¿por qué estás llorando? ¿Te duele el tobillo?

Alekos parecía tenso. Sara sabía que él odiaba las muestras emotivas, casi tanto como ella odiaba llorar en público. Incluso, cuando había muerto su madre y su jefe le había dado el pésame, ambos habían actuado de forma fría y aséptica, manteniendo cualquier demostración de sentimientos fuera de la oficina.

Pero, en ese momento, Sara no podía dejar de llorar. Igual el whisky que había bebido en la fiesta le había bajado las defensas. El mensaje de su padre la había herido en lo más hondo. Y la profunda sensación de soledad que siempre la había acompañado se le hizo, de golpe, insoportable. Así que hundió el rostro en el hombro de Alekos y lloró.

En un atisbo de lucidez, se dio cuenta de que la situación debía de ser la peor pesadilla de Alekos. Recordó que, en una ocasión, una de sus examantes había irrumpido en su despacho llorando y acusándole de haberle roto el corazón. Él se había estremecido de asco ante el comportamiento tan poco digno de su ex. ¿Qué pensaría de ella en ese momento?, se preguntó. Pero no podía contener las lágrimas. Era como si una presa se hubiera abierto dentro de ella, liberando todas sus emociones contenidas.

Sin duda, Alekos se iría a toda prisa de su casa, adivinó ella. Pero no fue así. Él se sentó en una esquina de la cama, sujetándola entre sus brazos. La solidez de sus brazos y el cálido latido de su corazón eran muy reconfortantes. Era una novedad sentirse cuidada, aunque sabía que aquella muestra de ternura por parte de su jefe no podía ser real. A Alekos, ella no le importaba. Cuando la había llevado a casa desde la fiesta, le había recordado que lo hacía porque era su empleada y, por tanto, se sentía responsable.

Sin embargo, era agradable fingir, durante unos minutos, que él de veras sentía las palabras de consuelo que dulcemente le murmuraba. Su voz era más suave que nunca, como la de un amante. Poco a poco, Sara dejó de llorar y, cuando tomó aliento, el aroma especiado de Alekos, mezclado con su esencia puramente masculina, le inundó los pulmones.

En ese instante, percibió sus fuertes muslos, sobre los que estaba sentada, y los musculosos brazos que la rodeaban. Subiéndole la temperatura, notó que los pechos se le prendían fuego, igual que el corazón de su feminidad.

Enseguida, también notó un cambio en él. Su respiración comenzó a ser más irregular y el corazón empezó a latirle más rápido. Llena de deseo, ella levantó la cabeza de su pecho y contuvo la respiración al ver sus ojos brillantes de pasión.

—Sara... —susurró él con voz ronca.

Ella se estremeció, sin poder apartar los ojos de su boca. Esos labios tan sensuales... ¡Cuántas veces se había imaginado besarlo!

—Me estás volviendo loco —murmuró él, antes de besarla.

Capítulo 4

ALEKOS había querido besar a Sara durante toda
la noche. Mejor dicho, durante toda la semana.
Había sido un milagro haber mantenido las manos alejadas de ella en la oficina, admitió para sus adentros. Ni siquiera dejarse la piel en el gimnasio después
del trabajo había logrado apagar su frustración sexual.

Solo había una manera de saciar el hambre carnal
que le quemaba. Sara entreabrió los labios, inundán-
dolo con su cálido aliento. La besó como había soñado
hacerlo cuando la había visto vestida para la fiesta esa
tarde. Se había pasado toda la velada tratando de concentrarse en las conversaciones, aunque solo había podido pensar en acariciarle la espalda desnuda a su secretaria. En ese momento, aprovechó y le recorrió la
columna con los dedos, antes de apretarla contra su
pecho.

Si Sara le hubiera presentado la más mínima resis-
tencia, lo más probable era que Alekos hubiera entrado
en razón. Pero el corazón amenazó con salírsele del
pecho cuando ella le rodeó el cuello con los brazos y le
hundió los dedos en el pelo. Su receptividad derribó las
últimas defensas que le quedaban.

Con un gemido, él hundió la lengua en su boca y la
saboreó. Era como el más dulce néctar, caliente y adic-
tivo. En algún lugar de la conciencia, sabía que debía
detener aquella locura. Sara era su secretaria, lo que

implicaba que era terreno prohibido. Pero le resultaba imposible asociar a la hermosa mujer que llevaba días volviéndole loco con la eficiente asistente personal que nunca había llamado su atención.

Cuando ella cambió de posición sobre su regazo, frotando el trasero contra su poderosa erección, Alekos gimió de nuevo. No podía recordar la última vez que había estado tan excitado. Se sentía a punto de explotar de deseo, tanto que todas sus reticencias quedaron borradas de un plumazo.

La colocó sobre la cama y se puso encima de ella, antes de besarla de nuevo con pasión. Le trazó un camino de besos por el cuello, mientras deslizaba la mano bajo su pelo sedoso. Allí estaban los tres botones que sujetaban el vestido. Tres pequeños botones eran lo que le separaban de sus pechos desnudos y tentadores. La urgencia le restó habilidad a sus dedos. Maldijo para sus adentros, esforzándose por desabrochar los malditos botones, cuando algo suave le cayó en la frente.

Al levantar la cabeza, Alekos se encontró cara a cara con un enorme conejo rosa. La incongruencia de hacer el amor con una mujer en una cama individual llena de animales de peluche le hizo volver de golpe a la realidad.

No estaba con una mujer cualquiera. Se trataba de Sara, su eficiente secretaria, que debía de tener debilidad por los conejos de juguete. Y él estaba allí en su dormitorio porque, de pronto, ella se había puesto a llorar.

Por lo general, cuando una mujer lloraba en su presencia, Alekos se las arreglaba por escapar de la situación lo antes posible. Pero las lágrimas de Sara le habían causado un efecto tan inesperado que se había puesto a consolarla. No tenía ni idea de por qué lloraba. Pero había notado que se le había entristecido la cara mientras había leído un mensaje en el móvil, en el trayecto a su casa.

De pronto, las piezas del puzzle comenzaron a encajar dentro de su cabeza. Sara se había ido pronto de la oficina a principios de la semana, para encontrarse con alguien. Ella había admitido que había pasado las vacaciones con alguien del sexo masculino y había vuelto de la Rivera Francesa transformada en una bomba sexual. Al principio de la noche, había parecido contenta, pero algo había pasado y le había afectado tanto que se había bebido un whisky doble como si hubiera sido un vaso de leche.

La explicación más probable del disgusto era que su romance había terminado. ¿Y qué diablos era él? ¿El premio de consolación?

De golpe, Alekos se apartó y se puso en pie. Era un alivio haber entrado en razón antes de haber llegado más lejos, se dijo. Un beso no tenía importancia. Podían olvidarlo y seguir trabajando juntos como habían hecho hasta entonces.

Sara se le quedó mirando, aturdida. Tenía los labios húmedos e hinchados de sus besos. Alekos se sintió tentado de dar rienda suelta de nuevo a la pasión. Pero, aparte de todas las consideraciones razonables, la verdadera razón por la que pudo contenerse es que le indignaba que Sara quisiera a otro hombre. Él se había pasado demasiados años siendo el segundón detrás de su hermano y sintiendo que, en opinión de su padre, era inferior a Dimitri.

—Alekos —susurró ella, se sentó en la cama y se apartó el pelo del rostro.

Parecía confusa y vulnerable. Hasta parecía que era la primera vez que hubiera estado con un hombre. Una idea ridícula, desde luego, se dijo a sí mismo.

—No deberíamos haber hecho esto —continuó ella.

Alekos ya lo sabía y estaba de acuerdo. Pero le irritaba que ella se lo recordara.

–Solo ha sido un beso –dijo él, encogiéndose de hombros–. No me mires así, Sara. No volverá a suceder –aseguró. Y estaba tan furioso consigo mismo por haber sido tan débil, que añadió–: No te habría besado si no me lo hubieras suplicado con tus actos.

–Yo no hice tal cosa –se defendió ella, sonrojada–. Tú me besaste. Estabas consolándome porque yo lloraba y después...

Alekos no quería pensar en lo que había pasado después. No quería recordar cómo había explorado el húmedo interior de su boca y cómo sus pequeños gemidos lo habían excitado hasta límites insoportables.

–Ah, sí, estabas llorando... –repuso él, tratando de concentrarse en la primera parte de su frase–. Supongo que estabas triste porque tu amante de vacaciones te ha dejado. Querías besarme de rebote, porque te sientes rechazada y estás furiosa con el tipo de Francia.

–No he tenido ningún amante de vacaciones –negó ella, tensa–. El tipo de Francia era mi padre. Pasé las vacaciones en su casa –explicó con labios temblorosos–. Pero aciertas al decir que me siento rechazada. Empiezo a creer que mi padre lamenta haberme conocido. Yo no sabía nada de él hasta hace poco, ni sabía que tengo dos hermanastros –añadió, llorando de nuevo. Tragándose un sollozo, se tapó la cara con las manos.

Alekos no había visto nunca llorar a Sara hasta esa noche. Él odiaba las demostraciones emotivas. Pero, el hecho de que su contenida secretaria, actuara así delante de él debía de significar que algo serio le había pasado. Incluso se había mostrado contenida y serena el lunes por la mañana que había ido a trabajar y le había informado de que su madre había muerto el fin de semana.

Al ver cómo su cuerpo se estremecía entre sollozos, se le encogió un poco el corazón. Se sentó sobre la mesa que había junto a la cama y le tendió unos cuantos pañuelos de papel que había en la mesilla.

–Gracias –dijo ella.

Las lágrimas le habían borrado casi todo el maquillaje y tenía un aire inocente, casi infantil.

–¿Qué quieres decir con que crees que tu padre lamenta haberte conocido? ¿Os habéis peleado?

Ella negó con la cabeza.

–Es complicado. Lo vi por primera vez hace seis semanas. Cuando se anularon mis planes de ir a España, me invitó a su casa en Francia. Él no estuvo allí todo el tiempo, pero me visitaba de vez en cuando y empezamos a conocernos. Yo fingía que era el ama de llaves, cuando alguien me preguntaba, pues mi padre no quería atraer la atención de la prensa –señaló ella en un hilo de voz–. Soy un escándalo de su pasado, ¿sabes? Y no quiere que sus otros hijos sepan de mi existencia.

–¿Por qué iba a interesarse la prensa por tu padre?

–Porque es famoso. Le prometí que mantendría nuestro parentesco en secreto hasta que esté preparado para reconocer públicamente que soy su hija.

Ella era el vergonzoso secreto de su padre, pensó Sara, hundida. Y, por el mensaje que le había enviado hacía horas, parecía que así seguiría siéndolo siempre. No le había revelado a nadie la identidad de Lionel, ni siquiera a su mejor amiga, Ruth, a quien conocía desde niña. Descubrir quién era había sido una alegría, al principio, pero pronto se había convertido en una carga el no poderlo compartir con nadie.

Parpadeando, Sara trató de contener las lágrimas. Le dolía la cabeza de llorar y quería apoyarla en la almo-

hada para descansar. Aunque, si lo hacía, Alekos podía
pensar que lo estaba invitando a tumbarse con ella y
besarla de nuevo. Al mirarlo, le subió la temperatura,
recordando cómo su musculoso cuerpo se había apretado contra ella hacía unos minutos.

Por supuesto, ella no le había suplicado que la besara, como él la había acusado. Sin embargo, tampoco
lo había detenido. Se mordió el labio. Alekos había sido
quien se había retirado. Si no lo hubiera hecho... Su
fantasía corrió desbocada, imaginándose desnuda con
él, sus miembros entrelazados, igual que sus cuerpos...

Sonrojándose, se dio cuenta de que lo había estado
mirando fijamente.

—¿Por qué no conocías a tu padre hasta hace poco?

—No fue parte de mi vida cuando crecí —explicó ella y
se encogió de hombros, tratando de fingir indiferencia,
algo que no sentía en absoluto—. Mi madre era su secretaria. Tuvieron una aventura, pero él estaba casado. Ella
se mudó de ciudad sin decirle que estaba embarazada. Se
negaba a hablar de él y no tengo ni idea de por qué, la
última semana antes de morir, le envió una carta hablán-
dole de mí.

Sara suspiró y calló unos segundos.

—Mi padre se enteró de mi existencia hace seis meses,
pero su mujer estaba enferma y esperó a que muriera antes de llamarme por teléfono para quedar conmigo. Dijo
que se alegraba de conocerme. Creía que mi madre me
había revelado su identidad. Ahora me pregunto si su interés en conocerme no tenía que ver con el miedo a que yo
le contara la historia a la prensa. Eso dañaría su imagen,
su carrera política y su relación con sus hijos legítimos.

—¿Tu padre es político? —preguntó él, arqueando las
cejas.

Sara se sintió dividida entre la promesa que le había
hecho a su padre de no revelar quién era y su necesidad

de compartir su carga con alguien. ¿Pero por qué Alekos? Era extraño, pero era la persona en que más confiaba. A pesar de su fama de mujeriego, era un hombre trabajador y leal con su empresa. Como jefe, era duro pero justo. Y era muy protector con su madre y sus hermanas. Era muy celoso de su propia intimidad, ¿pero lo sería también con la de ella?

—La historia no puede filtrarse a los medios de comunicación —advirtió ella.

—Ya sabes lo que pienso de los paparazzi. Los odio —dijo él—. No diré una palabra a la prensa de ninguna confidencia que tú me cuentes.

—Mi padre es Lionel Kingsley —confesó ella, tras tomar aliento. Le resultaba extraño decir las palabras en voz alta.

Sorprendido, Alekos dejó escapar un silbido.

—¿Te refieres al honorable Lionel Kingsley, ministro de Cultura? Lo he visto unas cuantas veces, tanto en reuniones sociales como por temas de trabajo, cuando patrociné una exposición de arte griego en el Museo Británico. Y fue uno de los invitados de la fiesta a la que fui a principios de semana.

—Parece que tienes mucho más en común con mi padre que yo —murmuró Sara. Ella nunca tendría la oportunidad de codearse con Lionel ni con sus medio hermanos en una fiesta. Sus círculos sociales estaban demasiado alejados.

—¿Qué te hace pensar que tu padre lamenta haberte conocido?

—Se suponía que iba a ir a su casa el fin de semana para conocer a mis hermanos. Pero Lionel ha decidido que es mejor no hablarles a Freddie ni a Charlotte de mí. Solo han pasado dos meses desde la muerte de su madre. Estaban muy unidos a ella y teme que reaccionen mal si descubren que fue infiel a su esposa —contestó ella, llevándose la mano a la cabeza, que le dolía mucho–. Tengo la sensación de que soy una complicación para él y se arrepiente de haberme dicho que es mi padre. Su nombre no está en mi certificado de nacimiento y no hay posibilidad de que yo hubiera descubierto que soy su hija.

Sara se levantó de la cama. Él hizo lo mismo y, de pronto, el pequeño dormitorio pareció dominado por su imponente presencia.

–Debes irte –dijo ella con tono abrupto, incapaz de jugar a ser buena anfitriona–. Lo que acaba de pasar.... cuando nos besamos... –balbuceó, poniéndose roja al ver qué él sonreía–. Es obvio... que no puede volver a pasar. Recuerda que estableciste la norma de no acostarte con tus empleadas. Aunque no quiero decir que desees acostarte conmigo –aclaró con rapidez, para que no pensara que se había hecho ilusiones respecto a él–. Ha sido un error y creo que el whisky que me tomé antes ha afectado mi forma de actuar.

–Tonterías –dijo él, riendo con suavidad–. No estás borracha. Y yo no he probado el alcohol en toda la noche. Eso no tiene nada que ver con que nos besáramos. Ha sido por la química que hay entre nosotros, que nos hace comportarnos de forma poco habitual.

–Exactamente –repuso ella, aferrándose a sus palabras–. Ha sido un error y lo mejor que podemos hacer es olvidarlo.

Cuando Alekos bajó la vista a sus pechos, ella quiso cruzarse de brazos para ocultar cómo se le endurecían los pezones bajo el fuego de su mirada. Sin embargo, se obligó a mirarlo a la cara, fingiendo una calma que no sentía.

–¿Crees que vamos a poder olvidar la pasión que ha estallado entre nosotros?

–Tenemos que hacerlo, si voy a seguir siendo tu asistente personal –contestó ella con firmeza–. Y ahora, de verdad, quiero que te vayas. Es tarde y estoy cansada.

Alekos se miró el reloj y arqueó las cejas.

–Son las diez menos cuarto, así que no es tarde. Nos fuimos de la fiesta temprano porque dijiste que no te encontrabas bien –señaló él, pero se dirigió hacia la puerta de todas maneras–. Me voy. Y... no te preocupes, tu secreto está a salvo conmigo. Para que lo sepas, creo que tu padre debería sentirse muy orgulloso de que seas su hija.

El inesperado cumplido de Alekos fue la última gota para Sara. Se contuvo hasta que lo oyó cerrar la puerta principal tras él y, acto seguido, rompió a llorar de nuevo.

Sí, estaba disgustada por lo de su padre, pero sobre todo le dolía el rechazo de Alekos. No podía olvidar que él había sido quien había retomado la cordura y había roto su beso. ¿Pero por qué lloraba por eso? ¿Por qué derramaba lágrimas por un hombre que no la había prestado la más mínima atención durante dos años? Solo se había fijado en ella hacía poco porque había cambiado a una imagen más atractiva.

El interés de su jefe en ella era solo pasajero. Sin embargo, a ella podía romperle el corazón con facilidad. Ojalá hubiera estado borracha esa noche, se dijo, así podría echarle la culpa al alcohol por haber respondido a él con tanta pasión. ¿Pero a quién iba a engañar?

Sara tuvo que echar mano de toda su fuerza de voluntad para presentarse en el despacho de su jefe al día siguiente. Le dedicó una sonrisa de cortesía y se dirigió a la máquina de café.

Él la observó con atención cuando depositó la taza sobre su mesa. Sara había estado a punto de ponerse un anodino conjunto gris que todavía guardaba en el armario, una reliquia de su antigua imagen. Sin embargo, había decidido echarle valor y se había puesto una falda ajustada roja con una blusa blanca de lunares rojos a juego. Tacones de aguja rojos y pintalabios escarlata completaban su atuendo. Con la acostumbrada compostura, se sentó y esperó a que su jefe le diera instrucciones para el día.

—Pareces muy alegre. ¿Te sientes mejor que ayer?

El brillo de sus ojos negros la derretía por dentro. Sin embargo, ella se había propuesto no dejarse afectar por él, así que sonrió y habló con tranquilidad.

—Mucho mejor, gracias. Siento que tuvieras que irte de la fiesta temprano por mi culpa.

—Yo no lo siento —repuso él y con mirada de deseo, la recorrió de arriba abajo.

Sara notó cómo se le aceleraba el pulso sin remedio.

—¿Empezamos? Creí que querías repasar los últimos detalles de la exhibición de yates en Mónaco.

Alekos esbozó una sardónica sonrisa, mirándola a los ojos, como si adivinara su prisa por cambiar de tema. Pero, por suerte, abrió la carpeta de Mónaco sin decir más.

—Como sabes, GE es uno de los principales expositores de la feria. Usaremos el yate de la compañía para ofrecer *tours* a potenciales clientes interesados en comprar una embarcación de lujo. *Artemis* ya está en Mónaco y la tripulación se está preparando para la exhibición. Tú y yo volaremos hasta allí y nos reuniremos con el equipo de ventas. Nos alojaremos en el yate.

Durante el resto de la mañana, solo hablaron de trabajo. Si se lo proponía de veras, Sara casi podía fingir que el día anterior no había pasado. También era cierto que intentaba mantener con él el mínimo contacto ocular. Las veces que sus miradas se cruzaban, el brillo de los ojos de Alekos hacía que a ella le diera un brinco el corazón. Él lo había llamado química. Era algo innegable que bullía entre ambos cada vez que compartían la misma habitación. Y a ella le dejaba sin respiración.

Fue un alivio cuando Alekos se marchó a comer con un cliente y la informó de que no volvería hasta tarde. Sin embargo, cuando él se hubo ido, lo echó de menos y no pudo dejar de recordar el sabor de sus labios. Había sido solo un beso, se dijo. Pero, en realidad, sabía que algo fundamental había cambiado entre su jefe y ella. Le había ocultado sus sentimientos durante dos años, aunque en el presente era mucho más difícil. Era casi imposible esconder lo mucho que lo deseaba, cuando la contemplaba con ese brillo de pasión en los ojos.

Cuando regresó a las cinco en punto, Alekos se sorprendió de encontrarla en su mesa.

—Creí que querías salir pronto hoy.

—Ya no voy a ir a ver a mi padre a Berkshire, así que se me ocurrió que podía poner al día las carpetas —contestó ella con voz contenida. Se avergonzaba de haber llorado delante de él la noche anterior y estaba decidida a no volver a mostrar lo dolida que se sentía por el súbito cambio de opinión de su padre.

Alekos la observó con gesto especulativo, como si pudiera leerle el pensamiento.

—He estado pensando en tu situación y tengo una idea para ayudarte. Ven a mi despacho. Estoy seguro de que preferirás no hablar de algo tan personal donde cualquiera puede oírnos.

Sara no quería hablar de nada personal con Alekos, en ninguna parte. Pero, cuando él le abrió la puerta del despacho y se quedó esperando que pasara, no se le ocurrió ninguna excusa para negarse. Además, le intrigaba lo que iba a decirle.

–¿Qué idea? –preguntó ella, en cuanto hubieron cerrado la puerta tras ellos.

Alekos caminó hasta detrás de su escritorio y esperó que Sara estuviera sentada delante de él.

–El domingo por la tarde me han invitado a la inauguración de una nueva galería de arte en Soho.

–Ahora mismo lo apunto en tu agenda –señaló ella, decepcionada porque la hubiera llamado para hablarle de su apretada vida social.

–La propietaria de la galería, Jemima Wilding, representa a varios artistas reconocidos, pero también quiere apoyar a jóvenes emergentes –informó él, ignorando su interrupción–. Por eso, su sala albergará la obra de un artista todavía desconocido, Freddie Kingsley.

–No sabía que mi hermano fuera artista –dijo ella, con el corazón encogido de pronto.

–Creo que tanto Freddie como Charlotte han estudiado Bellas Artes. Charlotte es diseñadora de moda. Estará en la inauguración en domingo para apoyar a su hermano, junto con su padre, Lionel Kingsley.

–¿Por qué me dices todo esto? –preguntó Sara, sin poder ocultar su amargura. Alekos solo estaba dejando claro lo evidente: ella no pertenecía a su círculo social y nunca lo haría.

–Porque mi idea es que me acompañes a la galería para conocer a tus hermanos. Entiendo que no podrás decirles que son de tu familia, pero puede que tengas la oportunidad de hablar con tu padre en privado durante la velada y puede que le convenzas de que revele tu identidad.

A Sara se le encogió el corazón de nuevo, cuando imaginó conocer a Charlotte y Freddie. ¿Se darían cuenta ellos de sus similitudes físicas? Era probable que no, se aseguró a sí misma. No sabían que tenían una hermana ilegítima. Alekos le estaba ofreciendo una oportunidad de conocer a sus hermanos. Y, tal vez, no tendría otra. Sin embargo...

–Va a parecer raro que lleves a tu asistente personal a un evento privado.

–Igual. Pero no irías en calidad de secretaria. Irías como mi cita. Mi amante –explicó él ante la atónita mirada de Sara.

Por tercera vez, a Sara le dio un brinco el corazón.

–Acordamos olvidarnos del beso de anoche –dijo ella, sonrojada y casi sin aliento.

Los ojos de Alekos brillaron como carbones calientes, antes de que una expresión cínica aterrizara en su rostro.

–Creo que yo nunca acordé eso –señaló él–. De todas maneras, lo que te propongo es que finjamos que salimos juntos. Si la gente cree que eres mi novia, les parecerá normal que vengas conmigo.

–Tu plan tiene un punto débil –indicó ella. En realidad, tenía varios puntos débiles, pero se centró en el principal–. Has dejado claro que nunca tendrías una aventura con una empleada. Si nos ven juntos en público, los miembros de la junta directiva de GE pensarán que tenemos una aventura. Desaprueban tu comportamiento libertino con las mujeres y puede que, incluso, decidan unirse en tu contra.

–Eso no pasará. Como tú misma has dicho, a los directivos les gustas. Creen que eres una buena influencia para mí.

Sara recordó todas las exuberantes rubias con las que su jefe había salido.

–No estoy segura de que tus amigos se crean que tú y yo estamos saliendo.

–Se lo habrían creído si nos hubieran visto anoche –dijo él con una maliciosa sonrisa–. El plan funcionará por la química que hay entre nosotros. Es una atracción inconveniente, pero podemos usarla también en nuestro beneficio –sugirió.

¡Así que la consideraba un inconveniente!, pensó ella, molesta.

–¿Por qué quieres ayudarme a conocer a mis hermanos? Nunca antes has mostrado ningún interés por mi vida personal.

Alekos se encogió de hombros.

–Tienes razón. La verdad es que no lo hago solo por altruismo. Zelda Pagnotis también estará en la inauguración. Es amiga de la hija de Jemima Wilding, Leah. Ya viste cómo me seguía en la cena de la junta directiva –explicó él con frustración–. Su insistencia se está convirtiendo en un problema. Pero, si cree que eres mi novia, igual decide dejarme en paz.

–¿Estás diciendo que me necesitas para protegerte de Zelda?

–Orestis cree que quiero corromper a su nieta –le confesó él con una mueca–. Nada más alejado de la verdad. Pero estoy seguro de que Orestis no pondrá objeciones a que seas mi novia. Más bien, lo considerará un alivio.

–¿Por qué no exhibes delante de Zelda una amante de verdad? Debe de haber docenas de mujeres deseando salir contigo.

–No tengo novia ahora mismo. Si invito a una de mis ex a la galería, pensarán que quiero volver con ellas.

–Es el precio del éxito –murmuró ella con tono burlón. Aunque Alekos era un arrogante, su razonamiento tenía lógica. Durante dos años, había visto cómo las mujeres se tiraban a sus pies, sin que él hiciera nada para animarlas.

Tampoco había necesitado animarla a ella para que correspondiera a su beso la noche anterior, se dijo a sí misma, avergonzada. Encima, Alekos había puesto fin al arrebato de pasión, a pesar de que ella había estado dispuesta a hacer el amor. Si le pedía que fingiera estar enamorada de él, temía que pudiera resultar demasiado convincente.

–¿Qué te parece mi idea, Sara? A mí me parece que puede ser una buena solución para los dos.

–Necesito tiempo para pensarlo.

Él frunció el ceño.

–¿Cuánto tiempo? Tengo que avisar a Jemima de que iré acompañado.

Sara se negaba a tomar una decisión apresurada. Aunque ansiaba conocer a sus hermanos, no estaba segura de cuál sería la reacción de su padre al encontrarla en un evento social.

–Llámame por la mañana y te daré mi respuesta –dijo ella con calma. Se levantó y se dirigió a la puerta. Antes de salir, sin embargo, se giró hacia él–. Gracias por ofrecerte a ayudarme a conocer a mis hermanos. Es un detalle.

Alekos esperó a que Sara hubiera cerrado la puerta tras ella. Acto seguido, se fue al mueble bar y se sirvió un whisky doble. Su sonrisa le había llegado al alma. Y, cuando le había dado las gracias por su ayuda, se había sentido como un canalla.

Ella no tenía ni idea de que estaba decidido a usar en su beneficio la confidencia que le había hecho acerca de su padre. Su interés en asistir a la galería, no tenía nada que ver con el arte y sí con los negocios. Sabía que el millonario texano Warren McCuskey asistiría también. Y sabía que Warren y Lionel Kingsley eran muy amigos.

Ambos habían competido, hacía muchos años, en carreras de yates. El americano había estado a punto de perder la vida cuando su barco había volcado. Lionel Kingsley, que había ido en cabeza de la carrera, había sacrificado su oportunidad de ganar para ir a socorrer a McCuskey. Tres décadas después, McCuskey se había convertido en uno de los hombres más ricos de Estados Unidos. Y la persona que más influencia tenía sobre él era su buen amigo el político inglés Lionel Kingsley... quien, resultaba ser el padre de Sara.

Alekos sabía que las buenas influencias eran cruciales para hacer negocios y los mejores acuerdos financieros se firmaban en eventos sociales entre champán y champán. Había oído que McCuskey tenía pensado gastar una considerable fortuna en un yate de lujo. En la fiesta del domingo, Sara querría pasar algún tiempo a solas con su padre y eso le daría a él la oportunidad perfecta para entablar amistad con el millonario texano.

Tomando un trago de whisky, trató de ignorar la sensación de culpabilidad por utilizar a Sara para sus propios intereses. Todo valía en el amor y los negocios, se dijo. Aunque sabía bien poco acerca del amor. GE era su prioridad principal y su obligación era asegurar que la compañía tuviera tanto éxito como habría tenido bajo el mandato de Dimitri. Secretamente, sin embargo, sospechaba que su hermano había desperdiciado la vida a causa de una mujer. Pero él nunca permitiría que ninguna fémina se acercara a su corazón y, menos aun, que influyera en su estrategia de negocio.

Capítulo 5

LA LIMUSINA se detuvo junto al bordillo. Cuando Alekos iba a salir, Sara lo detuvo.

–No creo que pueda hacerlo –dijo ella con voz temblorosa–. No me avisaste de que la prensa estaría aquí.

Él miró por la ventanilla hacia el grupo de periodistas y fotógrafos reunidos delante de la galería Wilding.

–Es normal que haya suscitado interés en los medios. Jemima Wilding es conocida en el mundo del arte y es lógico que quiera dar publicidad a su nuevo proyecto. Sospecho que habrá filtrado los nombres de su lista de invitados a los paparazzi.

El chófer abrió la puerta, pero Sara no se movió.

–¿No te preocupa que publiquen fotos de los dos juntos y eso dé a entender que... somos pareja?

–De eso se trata –replicó él, tratando de contener su impaciencia. El sábado por la mañana, cuando había llamado a Sara, ella le había dicho que aceptaría actuar como su novia en la inauguración del domingo. Pero parecía que estaba echándose atrás–. Quieres conocer a tus hermanos, ¿no es así?

–Claro. Pero me preocupa que mi padre se enfade cuando me vea. Igual piensa que he venido para presionarlo.

–Entonces, tendremos que esforzarnos en convencer a todos de que eres mi novia y esa es la razón por la que has venido.

–Supongo que sí –dijo ella, aunque no sonaba muy segura, y se mordió el labio inferior.

Al mirar por la ventanilla de nuevo, Alekos reparó en una mujer que llevaba una minifalda tan corta que parecía un cinturón. Apretó los dientes. Zelda Pagnotis era un verdadero incordio y, si no ponía remedio a sus intenciones de acostarse con él, le acabaría causando un enfrentamiento con su abuelo Orestis.

–Gracias, Mike –dijo Alekos al chófer, antes de salir del coche y tenderle la mano a Sara.

Tras unos segundos de titubeo, ella le agarró la mano y salió. Se puso tensa cuando Alekos la rodeó de la cintura y la guio hasta la entrada de la galería. Como él había imaginado, los fotógrafos dispararon sus cámaras al verlos llegar. Ella agachó la cabeza y se pegó más a él, mientras entraban en el edificio.

El portero se ofreció a guardarle el abrigo a Sara. Cuando ella se lo quitó, él se quedó boquiabierto.

–Tu vestido...

–¿Está bien? –preguntó ella y se humedeció los labios con la lengua, delatando su nerviosismo–. ¿Es apropiado? –le susurró–. ¿Por qué me estás mirando así?

–Es más que apropiado. Estás preciosa –dijo él, recorriéndole los hombros desnudos con la mirada.

Llevaba un vestido con escote de palabra de honor de seda, color esmeralda. Se ajustaba a la curva de sus pechos, que él imaginó como melocotones maduros, rogando ser devorados. El atuendo realzaba su fina figura y terminaba con una falda de vuelo justo encima de las rodillas.

Alekos se obligó a levantar la vista a su cara, sintiendo cómo el calor de su entrepierna crecía. Se imaginó su pelo sedoso rozándole el torso desnudo, mientras la colocaba encima y la guiaba hacia su duro miembro...

Sin poder evitarlo, soltó una maldición en voz alta. Rodeándola con un brazos la atrajo a su lado. Los ojos de Sara se abrieron como platos, tanto que parecían dos enormes estanques verdes donde sumergirse.

–Alekos –le susurró ella en tono de advertencia, para recordarle que no estaban solos en el vestíbulo. Pero no se apartó cuando él inclinó el rostro para besarla.

–Sara –repuso él con voz burlona y cubrió sus labios con un beso largo y lento, profundo y dulce. Cuando ella le correspondió, tuvo deseos de tomarla en sus brazos y llevarla a algún sitio donde pudieran estar a solas.

El suave murmullo a su alrededor hizo que Alekos recuperara la compostura. Con reticencia, apartó la cabeza y tomó aliento. Sara parecía tan perpleja como él. Lo que había ocurrido había sido nuevo para él, aunque jamás lo admitiría en voz alta. Nunca antes había besado a una mujer en público. Entonces, vio a Zelda Pagnotis saliendo del vestíbulo a toda prisa, con expresión de disgusto.

–El primer objetivo de la velada conseguido –señaló él con sarcasmo, ansioso de disimular el efecto que Sara le producía–. Zelda no puede poner en duda que estamos saliendo. Acabo de ver a Lionel con sus hijos. ¿Estás preparada para conocer a tus hermanos?

A Sara le latía el corazón a toda velocidad, mientras entraba en la galería con Alekos. Estaba emocionada porque iba a conocer a sus hermanos y, al mismo tiempo, se sentía un poco anonadada por el beso que acababan de compartir.

Mientras había estado entre sus brazos, se había olvidado de dónde se encontraban y de la razón que la había llevado hasta allí. Pero, cuando había levantado la cabeza y había visto salir a Zelda Pagnotis, había comprendido que su jefe la había besado a propósito delante de la adolescente. Había sido nada más parte del plan. ¿Cómo podía haber sido tan tonta como para haber creído que la había besado movido solo por el deseo?

Al mirar al frente, el corazón se le aceleró todavía más al ver que su padre estaba en el grupo al que se dirigían. Lionel frunció el ceño al verla. A ella se le borró la sonrisa. No debería haber ido, pensó. Lo último que quería era disgustar a su padre. Sus pasos se hicieron más lentos, invadida por la tentación de salir corriendo en la dirección opuesta. Pero Alekos la rodeó de la cintura con el brazo, animándola a continuar.

Una mujer alta con pelo color púrpura se adelantó para saludarlos.

–Alekos, querido, me alegro mucho de que hayas podido venir. Has hecho una entrada triunfal –comentó en tono divertido, logrando que ella se sonrojara–. Tú debes de ser Sara. Soy Jemima Wilding. Encantada de conocerte. Alekos, creo que ya conoces a Lionel Kingsley.

–Sí, nos conocemos –señaló Lionel y le estrechó la mano–. Apreciamos mucho que patrocinaras la exposición de arte griego el año pasado. Y también nos hemos visto en una fiesta a principios de semana –observó y posó la vista en la mano que Alekos tenía sobre la cintura de Sara–. Pero, en esa ocasión, venías solo.

–Sí, por desgracia, Sara tenía otro compromiso –replicó Alekos con una sonrisa y le dio un pequeño apretón a su acompañante en la cintura, como si adivinara que el corazón le latía como un pájaro atrapado en una jaula–. Te presento a Sara Lovejoy.

A Sara se le hizo eterno el silencio que sucedió a

continuación. Pero, en realidad, Lionel solo titubeó una milésima de segundo antes de estrecharle la mano.

–Encantada de conocerla, señorita Lovejoy.

–Puede llamarme Sara –se apresuró a responder ella con un nudo en la garganta. Sonrió a Alekos, agradecida cuando él le tendió una copa de champán que tomó de una bandeja.

Lionel presentó al resto de las personas del grupo, empezando por un hombre fornido y rubicundo.

–Este es mi buen amigo Warren McCuskey, que ha volado a Londres desde Texas para poder asistir a la inauguración de la primera exposición de mi hijo Freddie.

Sara saludó a Warren con una sonrisa educada, aunque solo podía pensar en que Freddie Kingsley le tendía también la mano. Rezó porque nadie se percatara de que le temblaba todo el cuerpo.

–Encantado de conocerte, Sara –saludó su hermano con una sonrisa.

–Yo... –balbuceó ella, agarrotada por la emoción. La mano de Freddie le resultó firme y cálida. Ambos compartían la misma sangre, aunque el joven no tenía ni idea. Tragó saliva e intentó hablar, sin conseguirlo.

Alekos se acercó un poco más a ella, como si adivinara el torbellino de emociones que la invadía. Fue reconfortante para Sara sentir su sólida presencia a su lado y, para su alivio, pudo volver a respirar.

–Es un placer conocerte –dijo ella con suavidad. Su hermano era más alto de lo que había imaginado, era moreno y tenía una sonrisa sincera y amable. En sus ojos verdes, se reconoció a sí misma.

Freddie esbozó expresión de confusión.

–¿Nos conocemos? Tu cara me resulta familiar.

–No, no nos conocemos –repuso Sara, consciente de que su padre irradiaba tensión, mientras observaba la escena.

Freddie se encogió de hombros.

–Me recuerdas a alguien, pero no caigo en quién. ¿Te interesa el arte, Sara?

–Mucho. Me encantaría ver tu obra.

Sara siguió a su hermano a una paredes donde colgaban seis de sus pinturas. Incluso para una ignorante como ella, era obvio que era un artista de talento. Su empleo de la luz y el color impregnaba los paisajes de un aire nuevo y excitante.

–Mi hermano tiene mucho talento, ¿verdad?

Sara se volvió cuando oyó la voz y se topó de frente con Charlotte.

–Soy Charlotte Kingsley –se presentó la joven–. Me gusta mucho tu vestido –añadió con una sonrisa y murmuró–: También me gusta tu guapo novio. Parece que está loco por ti. Hasta cuando habla con otras personas, no te quita la vista de encima. ¿Lleváis mucho tiempo juntos?

–Um... no, no mucho –balbuceó Sara. Sintió una conexión instantánea con Charlotte, como le había pasado con Freddie, e intuyó que podían ser buenas amigas. Aunque, tal vez, sus hermanos la odiarían si supieran que era el resultado de una infidelidad de su padre.

Después de unos minutos, Sara se disculpó y se refugió en un rincón tranquilo de la galería. Necesitaba estar a solas con sus emociones. Era obvio que Charlotte y Freddie se querían mucho. Sara sintió un poco de envidia al verlos reír juntos. Su infancia había sido muy solitaria, pues su madre no le había permitido invitar a amigos a casa. Siempre había querido tener un hermano o una hermana con quien jugar. No había tenido ni idea de que Charlotte, que era un año mayor que ella, y Freddie, tres años mayor, habían estado creciendo en Berkshire al mismo tiempo.

Cuando los ojos se le llenaron de lágrimas, parpadeó

para secárselos. Lionel estaba acercándose. De forma instintiva, ella miró a su alrededor, en busca de Alekos. Aunque era peligroso acostumbrarse a su protección, se advirtió a sí misma. Lo vio charlando con el texano, Warren McCuskey, y le dio un brinco el corazón al pensar que lo estaba haciendo para darle unos minutos de privacidad para hablar con su padre.

—Sara, me alegro de verte —dijo Lionel con una sonrisa sincera—. No sabía que salieras con Alekos Gionakis. Pensé que trabajabas para él.

—Soy su asistente personal, pero hace poco... nos hemos... acercado —repuso ella, sonrojándose. No se le daba bien mentir. Sin embargo, gracias a haber fingido que era la novia de Alekos, había tenido la oportunidad de conocer a Charlotte y a Freddie. Tal vez, también, podía intentar convencer a su padre de que revelara su identidad a sus hermanos.

—Gionakis es un hombre interesante. Creo que es un amante del arte, pero también he oído que es un hombre de negocios implacable —comentó Lionel, bajando el tono de voz para que nadie más lo oyera—. Sara, si Joan me hubiera dicho que se había quedado embarazada, me habría asegurado de darle apoyo económico mientras eras niña. Siento que no hayas crecido en una familia.

—Claro que crecí en una familia, formada por mi madre y por mí. No hace falta vivir con un padre para tener una familia. Sí lamento haber crecido lejos de mis hermanos, sin embargo. Y me gustaría mucho conocerlos mejor, si les dijeras que soy tu hija —rogó ella en un fiero susurro.

Su padre parecía incómodo.

—Se lo contaré cuando sea el momento oportuno. Quizá, si te conocen primero, será de ayuda cuando les dé la noticia de que, en el pasado, le fui infiel a su madre –señaló Lionel y, al levantar la cabeza, vio que Alekos se acercaba–. ¿Sabe Gionakis que somos parientes?

Sara titubeó.

–Sí. Pero sé que no le dirá una palabra a nadie –aseguró ella.

–Debes de quererlo mucho para confiar tanto en él –observó su padre, frunciendo el ceño.

¡Querer a Alekos! Sara se quedó boquiabierta ante el comentario de Lionel, aunque fue incapaz de contradecirlo. El corazón el dio un brinco al ver que Alekos se aproximaba. Estaba muy sexy con un traje impecable de color gris hecho a medida y una camisa negra, con los botones del cuello desabrochados. Tenía el pelo revuelto y una sombra de barba que lo hacía peligrosamente atractivo.

Claro que lo amaba, reconoció ella para sus adentros. Quería a Alekos, pero él le había dicho que no creía en el amor. Solo porque ella lo amara, no quería decir que fuera a corresponderla. Era lo mismo que le había pasado a su madre, cuando se había enamorado de Lionel Kingsley.

–Te dije que mi plan funcionaría –dijo Alekos con una sonrisa. Se había tomado un par de copas y, aunque no estaba borracho, se sentía relajado y satisfecho con cómo habían ido las cosas. Recostó la cabeza en el asiento de cuero de la limusina con la mente puesta en Warren McCuskey El millonario texano estaba decidido a comprarse un yate y él había usado todo su poder de persuasión para atraerlo a la oferta de GE. Sentía que lo tenía convencido. Casi podía saborear el éxito, olerlo.

También podía oler el perfume de Sara. Una mezcla de rosas y vainilla invadía sus sentidos y lo tentaba. De pronto, dejó de estar relajado. Estaba, más bien, excitado, como le pasaba siempre con ella desde hacía una semana. El corazón se le aceleró y una potente erección se presionó contra sus pantalones.

–No creo que Zelda vuelva a molestarme, ahora que cree que eres mi novia –murmuró él, para recordarse a sí mismo por qué se había pasado casi toda la velada rodeando a su secretaria de la cintura. Ella había encajado a su lado como si hubiera sido hecha para él.

–Bien. Al menos, hemos solucionado un problema –repuso ella con aire distraído.

Alekos la miró. Sara se había puesto el abrigo antes de salir de la galería, pero lo llevaba desabrochado y podía verse la suave curva de sus pechos.

–¿Hay algún problema más? –preguntó él con tono abrupto.

–Tal vez –dijo ella y giró la cabeza hacia él, rozándole el hombro con el pelo–. Alekos, tenemos que hablar.

Hablar con Sara no era lo que él tenía en mente. Si le contaba los pensamientos eróticos que albergaba acerca de ella, lo más probable era que su secretaria le diera una torta. El coche se detuvo delante de su casa.

–Invítame a un café y así podrás contarme lo que te preocupa.

–Bien –dijo ella tras un instante de titubeo–. Pero solo tengo café soluble. ¿Te va bien?

Mientras la seguía a la casa, Alekos se arrepintió de su sugerencia. Odiaba el insípido café instantáneo inglés. Sin embargo, sobre todo, no entendía por qué le había propuesto a Sara que confiara en él y le contara sus problemas personales. Justo cuando iba a decirle que había cambiado de idea y que prefería no tomar café, ella lo invitó a sentarse en el salón.

–Voy a poner el agua a hervir –indicó Sara.

Era difícil imaginar una habitación más anodina que esa, pensó Alekos. La decoración no tenía ninguna alegría, como si quien hubiera elegido los muebles no hubiera encontrado placer en estar vivo. Era todo demasiado neutro y deprimente.

Alekos salió al pasillo, hacia la cocina.

Sara se había quitado el abrigo. Parecía una bella mariposa con aquel vestido tan brillante. Se había quitado también los tacones y parecía muy pequeña con los pies descalzos. Al ver cómo tenía pintadas las uñas de un tono rosa brillante, él sintió de nuevo el aguijón del deseo. Intentó buscar algo que decir, mientras trataba de mantener a raya su desbocada fantasía sexual.

—¿Cómo es que tu dormitorio es tan colorido, mientras el resto de la casa es tan... neutro?

—A mi madre no le gustaban los colores brillantes. Ahora que ella ha muerto, he decidido vender la casa. El agente inmobiliario me aconsejó no cambiar la decoración, porque los compradores prefieren hacerlo a su gusto —informó ella y dejó una taza en la mesa, delante de él—. Te he hecho el café muy cargado, para que no notes tanto la diferencia.

Alekos pensó que era imposible que no notara la diferencia. Pero, al haber mencionado el dormitorio de Sara, no pudo evitar recordar cómo la había besado la noche en que había estado allí y cómo el fuego había ardido entre ambos. No había mucho espacio en la diminuta cocina, aunque tampoco quería sugerir ir al salón, que era tan poco acogedor como un tanatorio. Al darle un trago a su café, intentó no hacer una mueca.

—¿De qué querías hablar?

—Lionel cree que sería buena idea que coincidiera con Charlotte y Freddie en eventos sociales para irlos conociendo mejor, antes de que les cuente que soy su hermana. Su idea es usar la excusa de que estás interesado en el arte para invitarnos a su villa en Antibes, donde planea celebrar su cumpleaños –señaló ella y se mordió el labio inferior, nerviosa.

–Continúa –pidió él, tratando de no dejarse distraer por las ganas que tenía de cubrirle ese labio con la boca.

–No podía decirle a mi padre que, en realidad, no somos pareja. Lionel cree que salimos juntos y, si aceptas su invitación, tendríamos que seguir fingiendo.

–¿A quién más ha invitado tu padre?

–Irán Charlotte y Freddie y su amigo Warren McCuskey. Por cierto, gracias por haber entretenido a McCuskey para que yo tuviera tiempo a solas con mi padre.

–De nada –contestó él, avergonzado por su falta de principios. No se podía andar con remilgos, cuando se trataba de cerrar un trato millonario. Su plan había sido precisamente ese, poder hablar a solas con McCuskey, mientras Sara había ocupado la atención de Lionel–. ¿Cuándo es el cumpleaños?

–El próximo fin de semana. Le mencioné que estaríamos en Mónaco para la exhibición de yates y dijo que Antibes está solo a una hora en coche de allí. También le advertí de que igual estábamos muy ocupados con el trabajo durante la feria y no podíamos asistir.

–Tenemos una agenda apretadísima para los tres días que dura la feria. ¿Pero qué te parece si organizo una comida de cumpleaños para tu padre y su gente el próximo sábado, a bordo del *Artemis*? Así, podemos ponernos al día con el papeleo por la mañana y tú podrás pasar tiempo con Lionel y sus hijos por la tarde –sugirió él. También, sería una oportunidad excelente de hacerle una demostración a McCuskey de su mejor yate. Aunque eso prefirió guardárselo para sus adentros.

–¿De verdad harías eso por mí? –preguntó ella con

una desbordante sonrisa y se mordió el labio inferior de nuevo–. ¿Y no te importa seguir fingiendo que salimos juntos?

Alekos posó los ojos en su boca, en las apetitosas curvas de sus pechos.

–Creo que podré suportar representar el papel de tu amante.

Él sonrió cuando notó que ella contenía la respiración. La rodeó de la cintura y la atrajo contra su pecho y contra su ardiente erección. Cielos, nunca había deseado tanto a una mujer.

–Alekos –susurró ella. Tenía los ojos verdes muy abiertos, pintados de incertidumbre–. ¿Qué estás haciendo?

–Ensayo para cuando veamos a tu padre –repuso él, antes de besarla con toda su pasión. En esa ocasión, no podía fingir que lo hacía para alejar a Zelda Pagnotis. Se trataba solo de deseo, puro y simple, reconoció para sus adentros, mientras la devoraba a placer, penetrándola con la lengua para saborear su dulzura.

Sin los zapatos de tacón, era mucho más bajita que él. Alekos la levantó de la cintura la sentó en la encimera. Le separó las piernas para colocarse entre ellas. Cuando ella no protestó, volvió a besarla.

La piel de sus hombros era suave y sedosa. Alekos le acarició las clavículas antes de dedicarse a explorar sus tentadores pechos. Tocar no era suficiente. Necesitaba verla. Con sus bocas pegadas, alargó la mano a la espalda de ella y le bajó la cremallera del vestido. El tejido de seda verde cayó y sus pechos quedaron al descubierto. Él contuvo el aliento mientras los devoraba con la mirada. Eran pálidos bajo sus dedos bronceados. Sus pezones rosados le rogaban ser lamidos y acariciados.

Con un gemido, Alekos inclinó la cabeza hacia

ellos. El trazó círculos con la lengua alrededor de la areola, antes de succionárselos. Ella lo animó con suaves gemidos, arqueando la espalda, hundiendo las manos en su pelo.

La erección de Alekos latía bajo sus pantalones, mientras se apretaba entre las piernas de ella y le levantaba la falda. Solo unas delicadas braguitas de encaje separaban el centro de su feminidad de él...

—Vamos a la cama, Sara —rugió él, loco de deseo—. Esta cocina no es lo bastante grande para hacerte el amor con comodidad —añadió. Dudaba, sin embargo, que su cama individual repleta de peluches fuera mucho más cómoda—. Ven conmigo —rogó con urgencia, posando los ojos en sus pezones hinchados y enrojecidos. Si no la poseía pronto, explotaría, pensó.

¡A la cama! Sara se puso rígida cuando la voz de Alekos rompió el embrujo sexual en que había estado sumida. Cuando él le había lamido los pezones, había sentido una corriente eléctrica de la cabeza al centro de su feminidad. Había estado hechizada, sumergida en un mar de deliciosas sensaciones. Pero sus palabras la habían llevado de golpe a la realidad.

En la pared opuesta, sobre los fuegos de la cocina, vio su reflejo en la lámina de acero inoxidable que su madre siempre había mantenido reluciente. Cielos, parecía una cualquiera, con los pechos desnudos y la falda subida por encima de los muslos. Imaginó la expresión de desaprobación de su madre. La vergüenza la invadió, como un cubo de agua fría sobre una hoguera.

—Los hombres solo quieren una cosa —Joan le había advertido a menudo—. Una vez que les entregas tu cuerpo, rápidamente pierden interés en ti.

Sara asumía que así era como su padre había tratado a

su madre. También era la forma en que Alekos solía comportarse con sus novias. Siempre terminaba cansándose de las rubias exuberantes que pasaban por su vida y ella lo sabía porque era la encargada de comprarles un obsequio en una joyería cara cada vez que su jefe quería poner punto final a una relación. ¿Quién elegiría un bonito detalle para que se lo enviaran a su asistente personal cuando hubiera acabado con ella? No sabía si reír o llorar.

—No podemos irnos a la cama —dijo Sara con firmeza—. Sabes que no podemos, Alekos. No deberíamos habernos dejado llevar de esta manera —añadió, observando cómo el rostro de él se pintaba primero de perplejidad y, enseguida, de rabia.

—¿Por qué no? —le espetó él, lleno de frustración—. Los dos somos adultos libres y sin ataduras.

—Trabajo para ti.

Él se encogió de hombros.

—Esta noche, dimos la impresión de que tenemos una aventura y mañana la prensa del corazón publicará fotos de los dos juntos en la galería.

—Pero solo hemos fingido ser pareja. Yo no te gusto, en realidad.

—Es obvio lo mucho que me gustas —dijo él, furioso—. Y yo te gusto a ti, Sara. No te molestes en negarlo. Tu cuerpo no miente.

Sara le siguió la mirada hasta sus pechos desnudos. Sus pezones erectos la delataban. Sonrojada, se tapó con el vestido.

—No podemos —repitió ella con los dientes apretados. El feroz deseo que se dibujaba en los ojos de su jefe, sin embargo, amenazaba con minar su determinación—. Si tuviéramos una aventura, ¿qué pasaría cuando terminara?

—No veo por qué no podrías seguir siendo mi asistente personal. Trabajamos bien juntos y no quiero perderte como secretaria.

No quería perderla como secretaria, eso era todo, se dijo Sara. Ella no podía arriesgarse a sucumbir al deseo porque no sería capaz de seguir trabajando con él una vez que hubieran dejado de ser amantes. Sería una tortura saber que Alekos salía con otras mujeres después de haber terminado con ella. Y lo sabría. Después de dos años de trabajar de cerca con él, había aprendido a diferenciar los signos que delataban cuando su jefe tenía sexo habitualmente.

Estaba emocionalmente exhausta. Haber conocido a sus hermanos le había hecho desear aún más ser parte de una familia. Pero no iba a acostarse con Alekos para aliviar su sensación de soledad.

–Creo que es mejor que te vayas –indicó ella con voz ronca, rezando porque él no adivinara que estaba al borde de las lágrimas.

–Si es lo que quieres, me iré –repuso él con tono frío, todavía sin digerir la idea de que una mujer lo rechazara–. En el futuro, te recomiendo no responder a un hombre con tanta pasión, si es que no pretendes continuar lo que has empezado.

–¿Me estás acusando de provocarte? –le espetó ella, poniéndose furiosa–. Eso es mentira y muy injusto. Fuiste tú quien vino a mí.

–¿Y vas a decirme que te asqueó cada segundo que nos estuvimos besando? –se burló él–. Es un poco tarde para hacer de víctima inocente, Sara.

–No me estoy haciendo la víctima –se defendió ella. Aunque, si él supiera lo inocente que era, saldría corriendo sin mirar atrás, pensó con amargura. De pronto, se acordó de la limusina que los había llevado hasta allí–. Si te hubiera invitado a quedarte, ¿que habría hecho tu chófer? ¿Habría dormido en el coche?

Alekos se encogió de hombros.

–Tenemos un acuerdo. Mike espera un rato y sabe cuándo irse...

Sara comprendió que el chófer había recibido instrucciones de esperar solo un par de horas e irse, cuando Alekos entraba en casa de una mujer y no salía. Sin duda, era un plan que habían seguido en muchas ocasiones. Ella se llevaba bien con Mike y se habría muerto de vergüenza si hubiera tenido que mirarlo a la cara después de que Alekos hubiera pasado la noche en su casa. De nuevo, se recordó a sí misma que no podía sacrificar su trabajo, su reputación y su autoestima a cambio de tener una aventura con su jefe.

Sin embargo, cuando siguió a Alekos por el pasillo y él abrió la puerta principal, tuvo que contenerse para no decirle que había cambiado de opinión y rogarle que le hiciera el amor. Pero el amor no tenía nada que ver con eso, al menos, para Alekos, se recordó a sí misma. Y ella no podía cometer el mismo error de su madre y enamorarse de un hombre que nunca la correspondería.

–Buenas noches.

–Que duermas bien –se burló Alekos, como si adivinara que su cuerpo temblaba de deseo por él.

Mientras lo contemplaba marchar, Sara se dijo que, al menos, podía ir con la cabeza bien alta a la oficina al día siguiente.

Poco después, en su cama individual llena de peluches, no pudo parar de dar vueltas. Los pezones erectos y el calor que sentía entre las piernas eran un vergonzoso recordatorio de lo cerca que había estado a rendirse al deseo.

Capítulo 6

MÓNACO era un patio de recreo para millonarios de todo el mundo. Durante los últimos tres días, el pequeño principado había albergado la famosa exhibición de yates, que ese año había tenido lugar en junio. Los barcos más impresionantes del mundo estaba atracados en el puerto. Entre ellos, el más grande y espectacular era *Artemis*, de la poderosa naviera Gionakis Enterprises.

El domingo por la mañana, Alekos se dirigió a Port Hercules. La feria había terminado y el puerto ya no estaba abarrotado de gente y no tuvo que cruzarse con ninguno de los curiosos millonarios que habían ansiado dar una vuelta en el lujoso *Artemis*.

También se habían ido las imponentes modelos y guapas representantes de la flor y nata, que eran un ingrediente imprescindible de la exhibición. Mónaco debía de reunir la mayor cantidad de bellezas en bikini por metro cuadrado de mundo, pensó con cinismo. Podía haber aliviado su frustración sexual con cualquiera de las numerosas féminas que habían intentado llamar su atención, pero solo había una a la que él deseaba como loco. Y, precisamente, esa misma mujer había hecho todo lo posible para mantenerse fuera de su camino.

Después de la locura de los últimos tres días, Alekos había optado por relajarse corriendo por la playa. Sintiéndose más tranquilo, se subió al *Artemis*, sin más sonido a su alrededor que los gritos de la gaviotas y las olas que chocaban contra el casco. Su sensación de calma se hizo pedazos de pronto cuando entró en el salón que había estado usando como despacho y se encontró con Sara allí sentada, delante de su portátil.

Ella llevaba pantalones cortos y una blusa de rayas. Y tenía el pelo recogido en una cola de caballo que dejaba escapar algunos mechones alrededor de su rostro. Sin maquillaje, se percibían las pecas de su nariz y tenía un aspecto apetitoso y encantador. Alekos notó que una erección se aproximaba.

–¿Por qué estás ya trabajando? –preguntó él–. Te dije que iría a correr. Podías haberte quedado un rato más en la cama.

–Me desperté pronto y decidí redactar el informe sobre la exhibición –contestó ella, con cuidado de no mirarlo a los ojos–. Pensé que no regresarías hasta dentro de una hora por lo menos.

–¿Por eso has empezado a trabajar al amanecer, con la esperanza de haber terminado el informe antes de que yo volviera? ¿Pretendías seguir evitándome de esa manera, igual que llevas haciendo desde que llegamos el miércoles?

Ella se sonrojó.

–No te he evitado. He trabajado sin parar todos los días.

–Por el día, estábamos rodeados de gente y, justo después de la cena, siempre te has estado retirando pronto a la cama. No puedo creer que suelas irte a dormir a las nueve de la noche –observó él con tono seco.

–Estaba cansada –se defendió ella, todavía más sonrojada–. Han sido días de mucho ajetreo.

–Es verdad. Hasta ahora, no hemos tenido oportunidad de hablar de lo que pasó después de la inauguración de la galería la semana pasada.

Sara lo miró con ojos muy abiertos y llenos de pánico. Parecía un conejito sorprendido en la carretera por los faros de un coche.

–No hay nada que hablar. Nos... dejamos llevar, pero no volverá a suceder.

–¿Estás muy segura de eso? –preguntó él, posando la vista despacio en sus pechos y en los pezones endurecidos que dejaba adivinar la blusa ajustada. Cuando ella se cruzó de brazos, sonrió.

Alekos no sabía por qué disfrutaba tanto provocándola. Ni entendía qué le había hecho ponerse en evidencia delante de ella el domingo anterior. No era su estilo. Encima, ella lo había rechazado. Había sido la primera vez que le había pasado algo así.

¿Qué tenía Sara que lo incendiaba como si fuera un ingenuo adolescente, en vez de un hombre experimentado y acostumbrado a tener a todas las mujeres que quería? Alekos llevaba toda la semana dándole vueltas a esa pregunta, mientras había dormido solo en su opulenta suite del *Artemis*. El año anterior, sin ir más lejos, había disfrutado de esos mismos instantes con dos bellas y muy divertidas rubias.

La única razón que se le ocurría era que deseaba tanto a Sara porque ella le había dicho que no. Quería verla desnuda en su cama, sonrojada de pasión. Quería escucharla rogar que la poseyera, pues su ego no soportaba el rechazo.

En ese momento, Sara lo observaba con desconfianza. Irritado consigo mismo, Alekos recordó la noche que había ido a su casa. Ella le había seguido el juego hasta el momento en que le había propuesto ir a la cama. Aun así, tenía la sensación de que habría podido convencerla. Sin embargo, nunca le había rogado a una mujer que tuviera sexo con él. Y no iba a empezar a hacerlo con su secretaria, que obviamente debía de tener algún complejo con el sexo.

Con mirada de depredador, Alekos se acercó al escritorio y le apartó los brazos que ella tenía cruzados sobre el pecho.

—Es mejor que dejes de fingir que eres una virgen ultrajada. Si no, tu padre y sus invitados no se creerán que somos pareja.

Cuando ella apretó los labios, furiosa, Alekos se preguntó cómo reaccionaría si los cubriera con un beso. Antes de que el deseo pudiera tomar las riendas de sus actos, se apartó con brusquedad y se dirigió a la puerta, consciente de que sus pantalones cortos de deporte no ocultaban en absoluto su potente erección.

—Como tienes tantas ganas de trabajar, también puedes pasar a limpio el informe financiero para los socios. Te mantendrá ocupada hasta la hora de comer. Ya que eres tan reacia a mi compañía, supongo que no querrás darte un baño conmigo en la piscina, ¿verdad? —dijo él, riendo al ver cómo ella le lanzaba puñales con los ojos.

Comieron en una de las cuatro cubiertas del barco, bajo una carpa que los protegía del abrasador sol mediterráneo. Lionel Kingsley, su hijos y Warren McCuskey habían llegado al *Artemis* a mediodía. Luego, Alekos había dado instrucciones al capitán de salir del puerto y echar el ancla a un par de millas de la costa.

Estaban rodeados de mar azul. Una suave brisa los acariciaba con olor a sal, entre las voces y las risas de los comensales. Sara se comió su último bocado de *mousse* de salmón, que el chef había preparado especialmente para la ocasión, y dejó escapar un suspiro de placer.

Después de su encontronazo con Alekos por la mañana, había tenido los nervios de punta al pensar que iban a tener que fingir ser pareja. Había tenido el estómago en un puño, pensando que había mentido a su padre respecto a su relación con Alekos y, peor aún, que no le había dicho a Charlotte y Freddie que era su hermana.

Sin embargo, no había razón para preocuparse. Alekos se había mostrado civilizado y encantador, aunque sus ojos habían brillado con algo peligroso y excitante cada vez que la había mirado. También le había hecho subir la temperatura cuando la había tomado de la cintura para encaminarse con ella a recibir a Lionel y compañía.

–Empieza el show, preciosa Sara –le había murmurado él antes de besarla en la boca.

Sara sabía que ese beso había sido solo parte de la farsa, aunque no podía dejar de revivirlo y sentir su sabor. En ese momento, al levantar la vista hacia Alekos, que estaba sentado frente a ella en la mesa, él la miró con picardía, como si también estuviera recordando ese breve momento en que sus labios se habían tocado.

–Un romance nacido en la oficina es muy romántico –estaba diciendo Charlotte–. ¿Cuándo os disteis cuenta Alekos y tú de lo que sentíais?

–Um... –balbuceó Sara, tratando de pensar una respuesta, sonrojada.

–Fue un proceso gradual –contestó Alekos por ella–. Sara y yo trabajamos codo con codo y todo empezó con una amistad, antes de convertirse en algo más profundo.

Sonaba tan convincente que Sara casi podía creérselo. Era cierto que, en los dos últimos años, habían llegado a ser amigos. Pero ahí terminaba la realidad. Y comenzaba su fantasía de que su jefe llegara a enamorarse de ella.

Ansiosa por cambiar de tema, se dirigió a Freddie.

–Dime, ¿cómo es la escuela de Bellas Artes? Debió de ser divertido. Me habría encantado estudiar arte.

–¿Por qué no lo has hecho?

Ella se encogió de hombros.

–Mi madre quería que encontrara trabajo cuanto

antes. Estábamos solas ella y yo y le costaba mucho pagar todas las facturas.

–¿Tu padre no os ayudaba?

Sara se quedó helada, consciente de que su padre había interrumpido su conversación con McCuskey y esperaba tenso su respuesta a la pregunta inocente de Freddie.

–No... él... no estaba.

–Por suerte para mí, Sara entró en GE –comentó Alekos, retomando la conversación–. Nada más conocerla, me di cuenta de que era la persona ideal para organizar mi apretada agenda –añadió. Entonces, tocó una pequeña campana en la mesa y una camarera apareció al instante con el carrito de los postres–. Veo que mi chef se ha superado a sí mismo con los postres. Mi recomendación personal es la tarta de chocolate.

Al instante, todo el mundo se interesó por los dulces que acababan de llegar y el momento incómodo quedó olvidado. Sara se lo agradeció a Alekos con la mirada.

–Después de comer, igual os apetece hacer un poco de esquí acuático –le propuso Alekos a Charlotte y Freddie–. O, si preferís hacer algo más tranquilo, tenemos un equipo de buceo. O podéis contemplar el fondo marino desde el salón con suelo de cristal que hay abajo.

–Tienes un barco increíble, Alekos –comentó McCuskey–. ¿Es verdad que hasta tiene helipuerto?

–Sí, está en la popa. Y hay un hangar debajo. Puedo haceros un tour guiado por *Artemis*, si queréis ver todo lo que tiene.

–A mí me encantaría –contestó el millonario texano con entusiasmo.

Sara nunca se había divertido tanto como esa tarde. El mar estaba cálido para nadar y, con ayuda de Freddie

y Charlotte, enseguida aprendió a usar el equipo de
buceo. Alekos se reunió con ellos más tarde. Cuando
sacaron los esquís a propulsión, Sara montó con él,
abrazada a su cintura. Con la mejilla apoyada en su
ancha espalda, se permitió soñar despierta con que
aquello era real, que Alekos y ella eran amantes y sus
hermanos la aceptaban como parte de la familia.

–Mi padre y Warren van a volver a Antibes ya. Pero
Charlotte y yo hemos quedado con unos amigos en
Montecarlo esta noche –dijo Freddie, mientras contem-
plaban la hermosa puesta de sol desde cubierta–. ¿Por
qué no nos acompañáis Alekos y tú? –propuso y ladeó
la cabeza para observar a Sara con atención–. Sigo pensando que me recuerdas a alguien, pero no sé a quién.

Alekos la rodeó de la cintura.

–¿Qué dices, amor mío? ¿Te apetece salir?

–Sí. Pero, si a ti no, no me importa –contestó ella.

–Quiero hacer cualquier cosa que te haga feliz.

Cielos, era un actor brillante, se dijo Sara. Pero era
todo una farsa. No podía dejarse seducir por el brillo de
sus ojos ni la suavidad aterciopelada de su voz, que la
hacían desear la luna. Y la luna era inalcanzable.

Montecarlo a medianoche relucía con luces doradas.
Sara siguió a Alekos fuera del club nocturno de moda
entre los famosos. Habían visto a muchos esa noche,
pero ella solo tenía ojos para él.

Se habían reunido con Charlotte y Freddie en el
club, donde Alekos les había reservado una zona privada. Él no se había apartado de ella en toda la noche,
rodeándola de los hombros cuando habían tomado algo
en la barra y abrazándola cuando habían bailado juntos.

En ese momento, él paró un taxi y le abrió la puerta
a Sara para que subiera.

–Los zapatos me están matando –se quejó ella, recostándose sobre el respaldo.

Alekos se sentó a su lado y le tomó los pies para ponerlos en su regazo.

–Es culpa tuya, por ponerte estos tacones de aguja –comentó él, inspeccionando las sandalias de tacón altísimo.

Sara contuvo el aliento mientras él le desabrochaba las sandalias con suavidad. En el club, Alekos había estado fingiendo delante de sus hermanos. Pero, en el presente, una vez solos en el taxi, no había razón para que le acariciara los pies de esa manera, se dijo.

–¿Lo has pasado bien?

–Ha sido la mejor noche de mi vida –contestó ella–. Y el mejor día –añadió, entrelazando sus miradas–. Gracias por ayudarme a pasar tiempo con Charlotte y Freddie, y con mi padre. Espero que no te aburrieras demasiado enseñándole el barco a Warren McCuskey. Supongo que lo hiciste para dejarme a solas con Lionel.

–Sí, soy todo corazón –murmuró él con tono cínico.

Sara lo miró, extrañada por su comentario, pero en ese momento llegaron al puerto. El taxi paró y Alekos salió. Mientras ella pensaba si caminar hasta el yate sin zapatos o si ponerse las tortuosas sandalias de nuevo, la sorprendió tomándola en sus brazos para llevarla a cubierta.

–Gracias –susurró ella–. Ahora puedes soltarme.

Pero Alekos no la puso en el suelo hasta que no llegaron al salón principal, que estaba cubierto por una suave alfombra. De pronto, Sara se sintió invadida por su aroma especiado, por el calor de su cuerpo, por el brillo excitante de sus ojos. Parecía un sueño. Estaba en un yate de lujo, había estado con sus hermanos y había bailado toda la noche con el hombre más guapo del mundo.

–Me gustaría que esta noche no terminara nunca –dijo ella, sin pensar. De inmediato, se sonrojó.

–No tiene por qué terminar. ¿Quieres tomar algo?

–Bueno... No debería. Es tarde y los dos tenemos que madrugar mañana. Vuelas a Dubái a visitar al jeque Al Mansoor y yo tengo mi vuelo a Londres a las diez.

–Me doy cuenta de que estás rompiendo tu horario. ¿Pero por qué no vivir peligrosamente por una vez? –repuso él en tono provocativamente burlón.

Alekos solo la había invitado a tomar algo con él. No era para tanto, ni pasaría nada terrible si aceptaba, se dijo Sara.

–De acuerdo. Solo una copa.

–Claro. No querrás sufrir una sobredosis de diversión –replicó él con una socarrona sonrisa y la condujo por las escaleras a las cubiertas superiores. Cuando ella titubeó, murmuró–: Tengo champán helado en mi suite.

Sara nunca había estado en la suite principal antes y su opulento esplendor la dejó sin respiración. La decoración del salón y del dormitorio era exquisita y los tonos azul cielo, gris y blanco le daban un aire de serenidad. Aunque ella no se sentía relajada en absoluto. Contempló cómo Alekos se quitaba la chaqueta y la dejaba en una silla, antes de ir al mueble bar. La camisa blanca desabotonada en el cuello dejaba ver su piel morena y un poco de vello. El pelo le caía sobre la frente y la sombra de barba le daba un aspecto varonil y peligrosamente atractivo.

Las puertas correderas estaban abiertas. Sara salió a la cubierta privada y respiró hondo. Ante ella, se extendía el mar oscuro y el cielo iluminado solo con las estrellas, que relucían como brillantes en un manto de terciopelo.

Alekos se acercó en silencio y le tendió una copa con una bebida chispeante de color rosa.

–Mi bebida favorita. Kir Royale.

–Lo sé –dijo él, sosteniéndole la mirada–. ¿Por qué estás triste?

Sara suspiró.

–Charlotte y Freddie hablaban mucho de lo feliz que fue su infancia, de lo mucho que sus padres se querían. La mujer de Lionel padeció esclerosis múltiple durante varios años y él la cuidó hasta su muerte, hace dos meses –dijo ella y se mordió el labio–. Si Lionel les cuenta que soy su hija, todos sus recuerdos de haber crecido en una familia feliz se verán empañados por la noticia de que su padre fue infiel a su madre.

Sara dejó el vaso sobre una mesa cercana y se apoyó en la barandilla, mirando al extenso mar.

–Temo que mis hermanos lleguen a odiarme –confesó ella en voz baja.

–No creo que nadie pudiera odiarte, Sara mía.

–No soy tu Sara –repuso ella, sorprendida por el amable tono de Alekos.

–¿Ah, no? –dijo él con una sonrisa. Le tomó las manos e hizo que lo mirara.

Ella tembló cuando la atrajo contra su pecho, tanto que podía sentir los acelerados latidos de su corazón.

Claro que era suya. Sara no tenía más remedio que aceptarlo. No era complicado. Era muy simple. Había sido suya desde hacía dos años y no podía combatir su deseo cuando la devoraba con la mirada de esa manera.

–Quiero que seas mía y me parece que a ti te pasa lo mismo –murmuró él y la besó en el pelo, en la frente, en la punta de la nariz.

Entonces, cuando sus bocas se encontraron, Sara no pudo rechazarlo. Ni pudo negarse a sí misma que eso era lo que más deseaba en el mundo.

Quizá era porque lo había hecho esperar demasiado tiempo, caviló Alekos. O, tal vez, era por la expresión perdida y vulnerable que ella había tenido hacía unos momentos.

Debería haber dado marcha atrás cuando había podido. Sin embargo, ya era demasiado tarde. La deseaba demasiado. Sara lo había tenido al borde de la locura durante mucho tiempo y notar sus suaves curvas y los pequeños estremecimientos que la recorrían cuando le acariciaba la espalda y los glúteos fue la gota que colmó el vaso.

La besó con urgencia, dejando escapar un sonido de triunfo cuando ella entreabrió los labios para dar la bienvenida a su lengua. En esa ocasión, no lo rechazaría. Podía percibir su desesperación y el abandono sensual con que correspondía su beso.

Cuando Alekos apartó la boca, ella dejó escapar un gemido de protesta. Entonces, la miró a los ojos un momento. Era tan menuda que podía tomarla en sus brazos sin esfuerzo, pero prefirió tenderle la mano.

–¿Quieres venir y ser mía, Sara?

Sara no titubeó. Le dio la mano y dejó que la llevara al dormitorio. A Alekos le latía el corazón como si hubiera corrido un kilómetro sin parar. Y su dura erección no hacía más que recordarle su único deseo, sumergirse entre los dulces muslos de su secretaria.

La mayoría de las mujeres no habrían dudado en usar sus artimañas femeninas para desvestirse delante de él. Sara, sin embargo, se limitó a pararse junto a la cama, mirándolo con sus enormes ojos verdes. Su titubeo lo sorprendió. Era una mujer moderna y soltera de veinticuatro años y no podía ser su primera vez, se dijo él. Aunque, si recordaba su antiguo aspecto de mosquita muerta, era probable que tampoco hubiera tenido muchos amantes.

Pero Alekos no quería que fuera tímida con él. Quería que estuviera tan ansiosa por tener sexo como él. Necesitaba poseerla cuanto antes y, para ello, pensaba usar sus mejores dotes y su experiencia de seducción.

–Quiero verte –dijo él con voz ronca. La luz de la

luna llena entraba por la ventana y le daba a su piel un mágico color perla. Despacio, le quitó los tirantes, dejando sus pechos desnudos–. Eres preciosa –susurró, sujetándole los senos en las manos.

Sara se estremeció cuando le recorrió los pezones con los pulgares una y otra vez, hasta que dejó escapar un suave gemido. Cuando, al momento, él inclinó la cabeza y se metió uno de sus rosados pezones en la boca, ella tembló y gimió de placer de nuevo, llevándolo al límite.

–Sara, tengo que decirte algo. No puedo esperar –confesó él con ansiedad y la besó en la boca, entrelazando sus lengua. Estaba perdiendo el control por momentos y no se sentía capaz de hacerle el amor tan despacio como le hubiera gustado.

Cuando fantaseó con que ella le bajara los pantalones y le diera placer con la boca, su cuerpo se estremeció y maldijo para sus adentros. No había tiempo para preámbulos amorosos. Se quitó la ropa sin su habitual e innata elegancia, mientras ella lo contemplaba con los ojos abiertos como platos.

Sara se quedó mirando su enorme erección y tragó saliva.

–Alekos...

–Si has cambiado de idea, vete. Ahora –dijo él con la mandíbula apretada.

–No. Es que... –balbuceó ella y le recorrió la erección con una mano dubitativa.

Alekos la sujetó de la muñeca y se la llevó al pecho, donde el corazón le latía como un tambor acelerado.

–Ya no hay tiempo para jugar, ángel –murmuró él, tirándole del vestido hasta que cayó al suelo. Acto seguido, la despojó de las pequeñas braguitas de encaje negro que llevaba y la tumbó en la cama.

Los suaves rizos morenos del pubis ocultaban su sexo húmedo y caliente. Él le levantó una pierna y se la colocó por encima del hombro e hizo lo mismo con la otra. Cuando ella emitió un grito sofocado de protesta, él rio.

–Eres hermosa –rugió él, observándola abierta y expuesta para él. Nunca había visto nada tan exquisito, se dijo, bajando la cabeza para saborear el centro de su feminidad.

–Oh.

Sara se retorció y lo agarró del pelo. A Alekos se le pasó por la cabeza que, tal vez, nunca había recibido placer de esa manera y eso le provocó un inesperado sentimiento de posesión. Y de alarma. Nunca se había sentido así con ninguna mujer y Sara no era diferente de las incontables amantes que había tenido desde su primera experiencia sexual a los diecisiete años.

–No puedes... –protestó ella con una mezcla de pudor y excitación.

–Claro que puedo –susurró él, inclinó la cabeza de nuevo y la penetró con la lengua.

Los acalorados gemidos de Sara llenaron su mente, junto con su esencia femenina. Sabía a néctar. Sujetándola de los glúteos para tener mejor acceso, la penetró con más profundidad con la lengua y le succionó el clítoris sin compasión.

Al momento, Sara soltó un grito de placer y comenzó a retorcerse sin control. Él la sujetó de las caderas para llevarla al clímax. Cuando ella se agarró a las sábanas, mientras su cuerpo se retorcía sumergido en el orgasmo, él se incendió todavía más.

Cielos, nunca había necesitado poseer a una mujer como le pasaba con ella. Dimitri le había enseñado que necesitar a una mujer era una debilidad imperdonable. Sin embargo, por mucho que odiara admitirlo, en ese momento, necesitaba a Sara tanto como el oxígeno que respiraba.

De alguna manera, Alekos logró tener la suficiente claridad mental para ponerse un preservativo de la mesilla. Se colocó sobre ella, con tanta ansiedad por sumergirse en su cuerpo que no reparó en la mirada de aprensión de sus ojos. Hasta que fue demasiado tarde.

Entre jadeos, le acarició entre las piernas para comprobar que estaba húmeda y preparada para recibirlo. Y, sin esperar más, con un gemido, la penetró con fuerza.

Cuando notó que algo le bloqueaba el camino, se quedó paralizado.

No podía ser virgen, se dijo él.

Pero era evidente que sí. Sara se contrajo y se quedó rígida. Alekos sabía que debía parar y retirarse, pero estaba atrapado por el deseo. Un instinto primitivo e incontrolable le obligaba a penetrar más y más en su interior de terciopelo.

Entonces, Sara posó las manos en sus hombros y arqueó las caderas para acomodarlo mejor. Ese pequeño movimiento, lo llevó al borde del clímax. Todo iba demasiado rápido. Cerró los ojos, tratando de controlar el calor que le quemaba las venas, pero no podía...

Soltando un salvaje gemido, Alekos se estremeció en los brazos del éxtasis. Cuando todavía no habían cesado los espasmos de placer, él ya lamentaba su falta de contención. ¿Cómo podía haber sido tan débil? ¿Cómo era posible que Sara lo volviera loco de esa manera?

¿Y qué diablos iba a hacer a continuación?

Capítulo 7

POR QUÉ no me dijiste que era tu primera vez? La voz de Alekos sonaba... rara, no parecía enfadado, pero tampoco complacido. Tal vez, su tono malhumorado era de esperar, pensó Sara. Él había anticipado una noche de pasión con una amante experta, pero se había encontrado con una mujer que no tenía ni idea de las artes de dormitorio

–Era asunto mío –dijo ella con voz ronca, sintiendo un nudo en la garganta.

–Ahora es asunto mío también –repuso él y soltó una imprecación en griego que prefirió no traducir–. Siento haberte hecho daño –añadió con tono de arrepentimiento.

–No me has hecho daño. Quiero decir... solo un poco al principio, pero no importa.

–Deberías habérmelo dicho –repitió él con vehemencia.

–Tenía curiosidad –dijo ella, reconociendo la verdad solo a medias. Tenía ganas de llorar, pero estaba decidida a esperar a quedarse sola.

El cuerpo de Alekos pesaba sobre ella, haciéndola sentir atrapada. No quería mirarlo, pero no podía mirar a otra parte, cuando todavía lo tenía encima. Sus ojos negros habían brillado de deseo hacía solo unos minutos pero, en ese momento, parecían de piedra. Y su sonrisa sensual se había convertido en una línea contraída.

Sara lo empujó del pecho.

–¿No podemos hablar de esto en otro momento? O, mejor, nunca. Hemos terminado ya, ¿verdad? –dijo ella y se mordió el labio–. La verdad es que no entiendo por qué la gente arma tanto jaleo con esto del sexo.

Incapaz de ocultar su decepción, Sara pensó que la molestia que había experimentado cuando Alekos la había penetrado solo había durado unos minutos. La quemazón había sido reemplazada por una agradable sensación de plenitud, que había ido creciendo con los movimientos de él.

Y había terminado demasiado pronto. Alekos se había derrumbado enseguida sobre ella y había dejado de moverse.

Todavía estaba encima de ella. Dentro de ella. Y, en ese instante, la estaba observando con el ceño fruncido.

–No no hemos terminado, Sara mía. Nada de eso.

–No soy tu Sara.

Alekos rio con suavidad.

–Tengo la prueba inequívoca de que eres mía. ¿Te hago daño ahora? –murmuró él, moviéndose muy despacio.

Ella sintió que su erección volvía a llenarla, mientras la besaba con ternura. Primero en la boca, luego en el cuello, en el lóbulo de la oreja, los pechos. Se detuvo en un pezón, mientras le acariciaba el otro con los dedos, haciéndole soltar un gemido de placer.

Él sabía tocar su cuerpo como un músico experto. La acariciaba con suavidad, mientras mecía las caderas sin prisa, en ocasiones, trazando círculos con la pelvis.

Con cada movimiento, su erección crecía dentro de ella y la llenaba un poco más. Sus lentas arremetidas eran deliciosas.

Contemplándola, Alekos sonrió y la sujetó de los glúteos, para arquear sus caderas y poderla penetrar en más profundidad.

–¿Te gusta?

–Sí.

–Dime si te hago daño.

–No me duele.

–Dime qué quieres.

Oh, cielos, ¿podía decirle que aquel ritmo continuo estaba volviéndola loca de placer?, pensó Sara. ¿Cómo podía decirle qué quería, cuando no lo sabía? Levantando los ojos hacia su hermoso rostro, pensó que podía morirse de deseo.

–Quiero que te muevas más rápido –susurró ella–. Más. Más.

–Sara... –musitó él y soltó una carcajada–. ¿Así? –preguntó, penetrándola en profundidad–. ¿Así?

–Sí... sí.

Fue increíble, indescriptible. Y precioso. Sara comenzó a seguir su ritmo, moviéndose con él, acomodándolo en cada arremetida, llegando cada vez más alto. Alekos se detuvo un instante antes de la arremetida final y los dos explotaron juntos al unísono, los gritos de ella mezclándose con los roncos gemidos de él.

Sara volvió a la realidad poco a poco. Un pesado letargo se apoderó de su cuerpo, relajando sus músculos y silenciando un millón de pensamientos. Él se levantó y se fue al baño. Ella se preguntó si ese sería el momento de que se fuera. ¿Cuál era el protocolo cuando una acababa de entregarle su virginidad a su jefe?

Cielos, era mejor no pensar en eso. Era mejor no pensar en nada, se dijo. Así que cerró los ojos, fingiendo que estaba soñando. Al borde del sueño, notó que el colchón se hundía a su lado y el aroma de Alekos la invadió de nuevo.

En sueños, ella se acurrucó a su lado con la cara apoyada en el vello de su musculoso pecho. Él murmuró unas palabras en griego que ella no entendió, la rodeó con sus brazos y la apretó contra su cuerpo.

Alekos sabía que se había metido en un lío. El tacto sedoso con olor a vainilla que notó en el hombro le recordó de inmediato su estupidez. Abriendo los ojos, confirmó que la situación no podía ser peor. No solo se había acostado con Sara, sino que habían pasado toda la noche juntos. Ella había dormido entre sus brazos.

Él nunca pasaba toda la noche con una amante. Compartir la cama para dormir sugería un grado de intimidad que podía ser malinterpretado. La noche anterior, había pretendido haber dejado a Sara en su cama y haberse ido a dormir a otro cuarto.

No sabía por qué, pero había regresado a su cama. Ella lo había abrazado con su cuerpo cálido y suave, y peligrosamente tentador. Él había estado cansado y había cerrado los ojos, prometiéndose que se levantaría pasados unos minutos. Pero no se había despertado hasta ese momento.

Maldiciendo para sus adentros, retiró el brazo con cuidado de debajo de Sara. El sol que se colaba por la ventana se reflejaba en su cabello, dándole matices dorados. Con las mejillas sonrosadas y los labios entreabiertos, tenía un aire inocente y puro. Claro, porque era inocente o, mejor dicho, lo había sido.

¿En qué había estado pensando cuando le había hecho el amor no solo una vez, sino dos? No había sido capaz de pensar con la cabeza. Sus acciones habían estado impulsadas por el deseo más primario. Avergonzado, se dijo que debería haber parado cuando había comprendido que era virgen. Pero había sido incapaz de resistirse a su cuerpo dulce y caliente. Y había tenido un orgasmo casi inmediato... e impresionante. Al recordarlo, se endureció de nuevo.

No dejar satisfecha a una amante había sido algo nuevo para él. Y la obvia decepción de Sara había herido su orgullo. Aunque su maldito orgullo no era la única razón por la que había vuelto a hacerle el amor, reconoció con una mueca. A pesar de haber sido inexperta, lo había vuelto loco con sus ganas de aprender y su apasionada actitud entre las sábanas.

Sumido en oscuros pensamientos, salió de la cama y se vistió en silencio. En su mente, revivió la última conversación que había tenido con su hermano, cuando había tenido catorce años.

–¿Por qué estás tan disgustado porque tu novia te haya engañado? Puedes encontrar a otra fácilmente. Las mujeres te adoran.

–Ninguna otra reemplazará a Nia en mi corazón –había contestado Dimitri–. Cuando seas mayor, lo comprenderás, Alekos. Una día, conocerás a una mujer que te llegará al alma y no podrás resistirte a ella. Se llama amor y es infernal.

Alekos no visitaría el infierno por ninguna mujer. Eso se había jurado a sí mismo entonces, mientras había visto llorar a su hermano. El amor había derrumbado a Dimitri. ¿Había sido también la verdadera causa de su muerte? Era una pregunta que había acosado a Alekos durante veinte años.

No había peligro de que él se enamorara de Sara. Pero su debilidad de la noche anterior le servía de aviso y no podía ignorarla. No sabía por qué ella lo había elegido para perder su virginidad y no quería ni pensar en las esperanzas que ella albergaba sobre su aventura.

Lo que sabía seguro era que necesitaba salir del yate antes de que Sara se despertara. Una breve y brutal lección podía enseñarle a su amante que lo único que sentía por ella era deseo carnal. Entonces, cuando ella se movió en sueños, las sábanas dejaron al descubierto uno de sus tiernos pechos. Invadido de nuevo por una apasionada ansia de poseerla, apretó los dientes y se dirigió a la puerta, conteniéndose para no mirar atrás.

Probablemente, Sara esperaba despertarse sin él a su lado. Sabía que tenía que tomar un vuelo a Dubái para participar en un partido benéfico de polo organizado por su amigo el jeque Al Mansoor. Kalif había ido con uno de sus primos a Mónaco para visitar la exhibición de yates y los tres volarían juntos en el avión privado del príncipe. No tenía razón para sentirse culpable por abandonarla, se dijo a sí mismo. Después de todo, ella era su asistente personal y había organizado su agenda en ese viaje de diez días en que se quedaría en el palacio real en Dubái.

Sin embargo, Alekos reconoció para sus adentros que estaba huyendo. Y aquella certeza no le hizo sentir bien consigo mismo. Huía por miedo. Sara le hacía perder el control, algo que no le había pasado nunca antes. Ninguna mujer le había calado tan hondo. Esperaba que la distancia lo ayudaría a relativizar su fascinación por ella. No había sido nada más que química, se repitió a sí mismo. Cuando volviera a sus oficinas de Londres diez días después, sin duda, estaría tan dispuesta como él a olvidar lo sucedido en su noche de pasión, caviló.

Sara se despertó por el ruido del helicóptero. Abrió los ojos y frunció el ceño cuando miró a su alrededor. No estaba en su camarote del *Artemis*. Estaba... ¡Cielo santo! El recuerdo de la noche anterior la invadió. Había tenido sexo con Alekos, que se había disgustado al descubrir que era virgen.

Giró la cabeza en la almohada y, al verse sola en la cama, asumió que él estaría en el baño. Poco a poco, recordó la noche anterior. Su primer encuentro sexual había durado muy poco y había sido bastante decepcionante. Pero él le había hecho el amor una segunda vez y le había proporcionado el orgasmo más increíble del mundo. Ni en sus más salvajes fantasías había soñado con algo así.

También, él había disfrutado. Su gemido de placer antes de haberse derrumbado sobre ella había delatado que también había llegado a su propio nirvana. ¿Pero qué pasaría en el presente? ¿Adónde los llevaría todo aquello?

De pronto, Sara pensó que era buena idea vestirse antes de encontrarse con él. El recuerdo de sus manos sobre la piel y sus labios sobre los pechos y... entre las piernas hizo que le subiera de golpe la temperatura.

Cuando Alekos había comprendido que era inexperta, había atemperado su ímpetu con una ternura que la había sorprendido y le había dado esperanzas... No, no debía ir por ese camino, se advirtió a sí misma en silencio. Que Alekos le hubiera hecho el amor con exquisito cuidado y le hubiera hecho sentir hermosa y deseable no significaba que fuera a enamorarse de ella. Pero, tal vez...

El sonido de las hélices se fue haciendo más lejano. Sara frunció el ceño. ¿Quién había llegado al yate en helicóptero? Que ella supiera, no esperaban visitas. Alekos estaba tardando mucho en el baño. Invadida por un mal presentimiento, llamó con suavidad a la puerta. Cuando nadie respondió, abrió la puerta y encontró el baño vacío. Corrió a cubierta. Al mirar al cielo, vio cómo el helicóptero del *Artemis* se alejaba del yate. Con el corazón encogido, comprendió que Alekos debía de estar a bordo.

Ella misma había acordado la hora para que el piloto lo llevara al aeropuerto de Niza, desde donde tomaría un avión a Dubái. Por supuesto, no esperaba que Alekos hubiera cambiado de planes pero, al menos, podía haberse despedido. Debía de tener pocas ganas de verla, después de lo que había pasado la noche anterior, se dijo, hundida. Al pensar que la había utilizado solo para tener sexo, se sintió mareada. Y recordó las palabras de su madre: «Una vez que le hayas dado a un hombre lo que quiere, no volverás a verlo».

Tragándose un sollozo, Sara corrió a su camarote, rezando por no encontrarse con nadie de la tripulación. Tenía cosas que hacer. Debía recoger sus ropas y meter los papeles de trabajo en su maletín antes de dejar el *Artemis* e irse al aeropuerto con los miembros del equipo de ventas de GE. Si se mantenía ocupada, podría olvidarse de que Alekos la había abandonado.

Cargada con la maleta y el portátil, se digirió a la cubierta principal y se obligó a sonreír cuando vio que el amigo de su padre, Warren McCuskey, estaba subiendo al yate.

–Me temo que Alekos no está. Ha salido temprano.

–No importa. Lo llamaré para darle la noticia que espera oír –dijo el texano, riendo–. Tu novio es un excelente vendedor. Cuando lo conocí hace un par de meses, le comenté que mi mujer quería que compráramos un barco y, desde entonces, Gionakis no ha perdido oportunidad para convencerme de que adquiera uno de sus yates. El día después de conocernos en la galería de arte en Londres, me propuso visitar el *Artemis* mientras estaba en Mónaco. Fue una agradable coincidencia que Lionel me invitara a pasar unos días con él en Antibes.

–¿Dice que conoció a Alekos antes del día de la galería? –preguntó Sara, mientras su mente encajaba las piezas. Alekos no era la clase de hombre que funcionaba con agradables coincidencias–. Había sabido que Warren estaría en casa de su padre porque ella misma se lo había dicho.

–Claro. Y, como te he dicho, usó todas las oportunidades que tuvo de emplear sus tácticas de vendedor conmigo. Pero lo que realmente me convenció de comprar un yate de GE fue cuando me dijo que eres hija de Lionel –afirmó Warren–. Lionel es mi mejor amigo y, si Gionakis va a convertirse en su hijo político, será un placer hacer negocios con él.

–¿Alekos le dijo que vamos a casarnos? –inquirió Sara, que se había quedado blanca como el papel.

–No con esas palabras. Pero yo sé reconocer cuando un hombre está enamorado. Ayer no te quitaba los ojos de encima en la comida. Su yate me ha dejado impresionado y he decidido comprárselo.

–¿Va a comprar el *Artemis*? –dijo ella, perpleja. Era un barco de doscientos millones de dólares. Alekos había visto una buena oportunidad de negocio cuando ella le había dicho que era hija de Lionel Kingsley. No era de extrañar que le hubiera propuesto fingir que salían juntos para poder reunirse con su padre. Él sabía que Warren McCuskey era el mejor amigo de Lionel; era algo del dominio público.

Entonces, Sara recordó lo *amable* que había sido Alekos de entretener a Warren para que ella pudiera hablar con su padre. Había sido una tonta, se dijo a sí mismo. Alekos no era un hombre amable. Era un hombre de negocios implacable. Y había traicionado su secreto al revelarle a Warren quién era su padre.

Qué idiota había sido, se lamentó con amargura. ¿Por qué se había entregado a él, sabiendo que era un mujeriego sin corazón? La razón, que estaba enamorada de él, la llenaba de desazón. ¿Tan baja era su autoestima como para amar a un hombre que solo se amaba a sí mismo?

—Si hablas con Alekos, ¿puedes darle mi mensaje?

—Sí, le daré el recado, no se preocupe —contestó ella, disfrazando su tono sardónico con una sonrisa fingida. Lo que pretendía decirle a Alekos era que no conocía a ningún hombre tan arrogante y manipulador. Había jugado con ella y la había utilizado, pero nunca más volvería a dejarse humillar.

Después del cielo azul y el sol radiante de Mónaco, el viento frío y la lluvia londinenses solo conseguían hacer más desdichada a Sara. Era extraño estar de vuelta en el trabajo sin Alekos. Lo echaba de menos y le costaba concentrarse.

—Sara, ¿tienes un minuto? —la llamó Robert Drummond, el director ejecutivo, el viernes por la mañana.

—Claro. ¿Qué pasa, Bob? —repuso ella. Se dio cuenta de que el hombre parecía tenso—. ¿Quieres un café?

—No, gracias. Recuérdame cuándo volverá Alekos.

—Está previsto que regrese a la oficina el próximo miércoles. Su viaje a Dubái es una visita privada, pero puedo contactar con él, si es necesario.

Sara no había tenido noticias de Alekos desde que se habían marchado de Mónaco. Y tampoco lo había esperado. Por suerte, ningún tema laboral la había obligado a llamarlo.

El director frunció el ceño.

—No digas nada de esto. Ha habido algunas transacciones extrañas con las acciones de la compañía en los últimos días. Seguro que no es nada de preocupar, pero hay que mantenerse alerta. Hablaré con Alekos cuando vuelva.

Después de que Bob se hubiera ido, Sara se quedó

pensando si debía llamar a Alekos. Seguía siendo su secretaria y era su deber alertarle si sucedía algo que pudiera afectar a la compañía. De pronto, su teléfono sonó. El corazón le dio un vuelco al ver su nombre en la pantalla.

–Sara, necesito que vengas de inmediato –dijo él. Su sensual acento parecía más pronunciado que habitualmente.

–¿Quieres que vaya a Dubái? –preguntó ella, logrando sonar calmada.

–He vuelto a Londres antes de lo esperado –dijo él–. Estoy trabajando desde casa. He mandado a Mike a recogerte. Espéralo en el aparcamiento.

Sara se quedó mirando el sobre que tenía sobre la mesa. Guardaba su carta de dimisión. Cuanto antes se la entregara a Alekos, mejor.

–Sara... –repitió él con tono de impaciencia, nervioso–. ¿Me has oído?

–Sí –repuso ella y se guardó la carta en el bolso–. Voy de camino.

Capítulo 8

LA CASA de Alekos en Londres era un ático impresionante junto al río con preciosas vistas al Támesis.

Su mayordomo abrió la puerta e hizo pasar a Sara al pasillo. Ella se puso todavía más tensa al oír una voz femenina. ¿Tenía a una mujer en su casa? Tal vez, era alguien que había conocido en Dubái. Solo habían pasado cuatro noches desde que se había acostado con ella. Nerviosa, estuvo a punto de entregarle el sobre con su dimisión al mayordomo y salir corriendo. Pero la puerta del salón de abrió de golpe y la madre de Alekos asomó la cabeza.

–No, no, Sara –se apresuró a decir Lina, rompiendo a llorar–. No debes permitir que Alekos trabaje. El médico ha dicho que debe descansar.

Sara había visto a Lina Gionakis unas cuantas veces. Le parecía una mujer encantadora, pero demasiado sensible.

–¿Alekos se encuentra mal? –preguntó ella, frunciendo el ceño.

–Podía haber muerto –respondió Lina con dramatismo.

–Tonterías.

La grave voz de Alekos hizo que a Sara se le disparara el pulso a instante. Al entrar en el salón, guiada por Lina, lo vio sentado en un sofá junto a la ventana. Llevaba unos vaqueros desgastados, una camisa color crema medio desabrochada y estaba descalzo. Había algo muy íntimo en verlo sin zapatos, se dijo ella. Le recordaba a cuando se había desnudado ante sus ojos en el *Artemis*.

Sonrojada, levantó la vista a la cara de su jefe y parpadeó dos veces al ver que llevaba un parche negro sobre el ojo derecho.

–Me lo hice jugando al polo –dijo él con tono seco, respondiendo a su pregunta silenciosa–. Me golpearon con un palo durante el partido.

–El médico dice que has tenido suerte de no quedarte ciego –comentó Lina con inquietud–. Prométeme que la próxima vez llevarás casco y protección para la cara. ¿y si te hubieras caído del caballo? Una lesión cerebral podría ser fatal. El polo es un deporte demasiado peligroso. Ya sabes que no soportaría perder a otro hijo.

–Mamá, no soy un niño –replicó Alekos, esforzándose por controlar su impaciencia. Aliviado por la interrupción, hizo una seña al mayordomo para que entrara con la bandeja del té–. Siéntate. Giorgos te servirá té con pasteles, mientras hablo de unas cosas con Sara.

Alekos salió de la habitación y Sara lo siguió a su despacho.

–¿Es grave la herida del ojo?

–No. El golpe me produjo un derrame. Se curará solo –contestó él y se encogió de hombros–. Es bastante doloroso, eso sí. Tengo que ponerme gotas y llevar este parche durante unas semanas. Pero sobreviviré.

–Tu madre está muy disgustada. ¿A qué se refería cuando dijo que no podría soportar perder a otro hijo?

Alekos se apoyó en la mesa y se cruzó de brazos. A pesar de su postura relajada, Sara percibió una honda tensión en él.

–Tenía un hermano mayor. Dimitri murió... en un

accidente cuando tenía veintiún años. Mi madre sigue llorando su pérdida y, como acabas de ver, le aterroriza perdernos a mis hermanas o a mí.

–No me sorprende, después de un suceso tan trágico. Nunca me habías contado que tuviste un hermano.

–¿Por qué iba a hacerlo?

Sí, ¿por qué? Aquel doloroso recordatorio le sirvió a Sara para no olvidar que ella era solo su asistente personal y que no significaba nada para él. Así que abrió el bolso y le tendió el sobre.

–¿Qué es esto?

–Mi carta de dimisión. No puedo seguir trabajando para ti, después de que nosotros... –comenzó a explicar ella, sonrojándose–. Después de lo que pasó hace unos días.

–Nos acostamos. Es demasiado tarde ahora para avergonzarse por eso –le espetó él con brusquedad.

–Pero yo sí estoy avergonzada. Los dos nos comportamos de forma poco profesional y por eso tengo que dejar el empleo.

–Santo cielo, Sara –dijo él con tono impaciente–. ¿Por qué le das tantas vueltas a que pasáramos una noche juntos? No significó nada.

Ella sintió que un puñal le atravesaba el corazón.

–Me lo dejaste muy claro cuando te fuiste a la mañana siguiente sin despedirme.

–Estabas dormida –repuso él, aunque se le subió el color a las mejillas.

–Me hiciste sentir como una cualquiera –confesó ella. Se habría reído ante la expresión perpleja de él, si no hubiera tenido tantas ganas de llorar–. Solo te faltó dejarme un cheque por mis servicios sobre la almohada.

–Me deseabas tanto como yo a ti –dijo él con amargura–. No finjas que fuiste una pobre inocente.

Las palabras de Alekos quedaron flotando en el aire.

Él debía de haber pensado que era un bicho raro, cuando había descubierto que había sido virgen, pensó Sara. Había sido una tonta ingenua al haber caído en la trampa de un experimentado mujeriego.

—Cuando leas la carta, verás que solicito irme antes de los tres meses estipulados en mi contrato. Será más fácil así.

Sara se dio media vuelta y se dirigió a la puerta. Pero el áspero tono de él la detuvo.

—Maldición, Sara. ¿Dónde está tu lealtad? No puedes dejarme cuando más te necesito.

—Siento lo de tu ojo, pero ya me has dicho que no es grave —señaló ella, luchando por no creerse sus palabras. Alekos no la necesitaba, solo quería evitar la molestia de tener que buscarse otra secretaria, se dijo—. ¿Y cómo te atreves a hablarme de lealtad, después de cómo te has portado conmigo? —le espetó, llena de rabia—. Cuando te conté que Lionel Kingley era mi padre, te dije que confiaba en tu discreción. ¿Cómo pudiste traicionar mi secreto a Warren McCuskey?

—Yo no...

Ignorándolo, ella continuó.

—Estabas decidido a venderle el yate a Warren y sabías que Lionel tenía mucha influencia sobre él. Cuando te enteraste de que yo era hija de Lionel, me sugeriste que fingiéramos ser pareja para que yo conociera a mis hermanos. Pero la verdadera razón es que querías tener acceso a Warren. Y te funcionó la estratagema —dijo ella con rabia—. Warren ha decidido comprarte el *Artemis* porque le has hecho creer que me amas... a mí, la hija secreta de su mejor amigo.

—Yo no se lo he dicho —negó él con dureza—. Warren me preguntó si yo sabía que eras la hija de Lionel. Yo le dije que sí, porque habría sido raro que no lo supiera, si se suponía que éramos novios.

Ella lo miró dubitativa.

–¿Y cómo lo sabía Warren?

–Es probable que Lionel confiara en su mejor amigo.

Sin embargo, su aclaración no hacía que Sara se sintiera menos dolida.

–Aun así, usaste mi relación con mi padre para hacer dinero.

Él no lo negó.

–No hay espacio para el sentimentalismo en los negocios. Por eso, necesito que sigas siendo mi asistente personal, al menos, por ahora –afirmó él, se levantó y caminó hacia ella con expresión preocupada–. GE está siendo objetivo de un intento de adquisición hostil. En los últimos meses, se han comprado muchas acciones de la compañía, al parecer, por pequeñas empresas que pertenecen todas a un mismo individuo. Si esta persona adquiere el cincuenta y uno por ciento de las acciones de GE, tendrá opción de elegir un nuevo equipo directivo y tomará el control de la compañía.

–¿Sabes lo cerca que está de adquirir ese cincuenta y uno por ciento?

–Demasiado cerca. Le será más difícil ahora que le hemos descubierto. En vez de comprar participaciones bajo cuerda a través de sus múltiples empresas, tendrá que intentar convencer a los accionistas de GE para que le vendan las suyas.

–¿Quieres decir que, si se hace con la cantidad suficiente, puedes perder la compañía que fundó tu abuelo? –preguntó Sara y se fijó en la obvia tensión que pintaba su rostro. Él tenía la mandíbula apretada y dos profundas ojeras. Muy a su pesar, tuvo ganas de consolarlo–. Algo podrás hacer para detenerlo.

–Hay varias estrategias que estoy utilizando, pero mi única esperanza, en realidad, es convencer a los accionistas para que no vendan y sigan siéndome leales

–confesó él, pasándose una mano por el pelo con ansiedad–. Como sabes, los miembros de la junta directiva
no me apoyan demasiado. De hecho, quien quiere hacerse con GE es uno de ellos.

–Orestis Pagnotis –adivinó Sara.

–No. Es Stelios Choutos. No le gusta el nuevo
rumbo que estoy tomando y tiene el respaldo de un
grupo financiero americano. Por suerte, la decisión de
compra del *Artemis* por parte Warren McCuskey me
ganará el apoyo de los accionistas. Un inyección de
doscientos millones de dólares no podría habernos llegado en mejor momento.

–Siento mucho que tengas problemas, pero sigo decidida a dimitir. No veo de qué utilidad te puedo ser
–dijo ella y contuvo la respiración al ver que Alekos se
acercaba. Con el parche en el ojo, parecía un pirata,
demasiado peligroso y atractivo.

–Necesito rodearme de gente en quien pueda confiar.
Si de verdad quieres irte de tu trabajo sin razón, te permi-
tiré hacerlo dentro de un mes. Para entonces, estará decidido el futuro de GE –señaló él con amargura–. Te pagaré
una generosa liquidación. Pero, a cambio, quiero que estés
a mi servicio mientras yo lucho por salvar la compañía.

Sara se advirtió a sí misma que no debía dejarse
engatusar porque le dijera que confiaba en ella. Pero,
por otra parte, ¿acaso no le debía lealtad, cuando GE
estaba amenazada? Se mordió el labio, dividida entre
su sentido del deber y la certeza de que se le rompería
el corazón aún más si lo veía todos los días.

–De acuerdo –aceptó ella tras un momento–. Me
quedaré un mes más. Y me parece bien lo de la liquidación. Tendremos que acordar la cantidad.

Ese dinero con el que no había contado le serviría para
pagarse los estudios en la Escuela de Bellas Artes, pensó
Sara. En vez de tener que esperar a vender la casa de su

madre, podría empezar la carrera el próximo septiembre. Nunca le había pedido nada a Alekos y, como resultado, su jefe siempre la había tratado sin ninguna atención. Había malgastado dos años de su vida amando a un hombre que no se lo merecía. Había llegado el momento, por fin, de valorarse a sí misma.

—No debería sorprenderme de que te interese tanto el dinero, como a todas las mujeres —murmuró él con dureza—. Yo he admitido que necesito tu ayuda.

—No hay lugar para el sentimentalismo en los negocios, como tú dices. Si quieres que me quede, tendrás que pagar por ello.

Alekos se sentía como si le fuera a explotar la cabeza. La lesión en el ojo le provocaba severos dolores, pero no le gustaba tomar calmantes porque había querido estar al cien por cien para enfrentarse a la reunión general de accionistas.

Se masajeó el puente de la nariz para tratar de suavizar el dolor. Detrás de él, el ruido de unos tacones de aguja sobre el suelo de mármol de las oficinas de GE en Atenas le resonaba como martillos en la sien. Sara lo alcanzó y, cuando lo miró, frunció el ceño.

Él sabía que no tenía muy buen aspecto. Durante las últimas dos semanas, había sobrevivido comiendo cualquier cosa, sin dormir apenas y tomando demasiado whisky, mientras había cruzado el planeta de una punta a otra para reunirse con los accionistas e intentar convencerlos de que no vendieran. Stelios Choutos había hecho pública su intención de adquirir la empresa. Los socios estaban divididos. Por el momento, Stelios tenía a la mayoría de su lado.

Alekos había llevado la batalla por GE a su lugar de

origen, Grecia. Miró las fotos que había en la pared de
su abuelo, fundador de la compañía, Theo Gionakis.
Allí estaban también los retratos de su padre, Kostas,
de su hermano, Dimitri. No podía permitirse fracasar.
Pero, tal vez, él no estaba destinado para liderar el le-
gado de los Gionakis. La confianza en sí mismo le fla-
queaba cada vez más.

–¿Por qué hay fotos de tu abuelo, tu padre y tu hermano en recepción, pero ninguna tuya? –preguntó Sara.

–Están todos muertos –contestó él con brusquedad–.
La galería de fotos es de los presidentes difuntos. Aunque
mi hermano nunca llegó a ser presidente, mi padre hizo
poner su foto aquí –informó, apretando la mandíbula–. Si
mi hermano hubiera vivido y hubiera ocupado el puesto
de mi padre, tal vez, GE no estaría en peligro hoy.

–¿No creerás eso de veras?

–No sé si llegaré a ser un presidente tan bueno como
Dimitri hubiera sido.

Alekos evitó la mirada penetrante de Sara. Era más
fácil así. Si no la miraba a los ojos, era más sencillo
contener los latidos acelerados de su corazón cada vez
que la tenía cerca. Durante las últimas dos semanas, se
habían pasado casi cada hora del día juntos, trabajando
codo con codo para salvar la compañía. Cuando se había quedado solo en la cama de noche, en vez de haberse preocupado por GE, le habían asaltado fantasías
recurrentes de su erótico encuentro en *Artemis*.

–El helicóptero nos espera. Vamos –indicó él.

–¿Adónde vamos? –preguntó ella, mientras lo seguía a toda prisa–. Sé que tienes casa en Atenas. Pensé
que yo me quedaría en un hotel.

–Te quedarás conmigo. Así nos será más fácil trabajar hasta tarde.

Sara estuvo a punto de discutírselo, pero cerró la
boca.

Era una mujer muy tozuda, pero tenía suerte de que estuviera en su equipo, pensó Alekos.

Sara lo había impresionado con su dedicación. Lo había acompañado en su recorrido por Europa, Estados Unidos y el Lejano Oriente. Habían recorrido miles de millas en avión para visitar a los accionistas de GE. Y ella había estado allí, en cada reunión de la junta directiva, en cada cena de negocios. Y había encandilado a los socios con su encanto indiscutible y su gracia natural.

Era muy valiosa para la compañía y Alekos no quería perderla como asistente personal. No debía pensar más allá de eso, se advirtió a sí mismo. Sara no le pertenecía, aunque el hecho de que le hubiera entregado su virginidad le hacía sentir extrañamente posesivo hacia ella.

Subieron el helicóptero y despegaron, en dirección a la costa.

–¿No vamos a tu casa? –preguntó ella.

–Sí. Está ahí abajo –dijo él, señalando a una pequeña isla junto a la costa de Atenas–. Se llama Eiríni. Significa *paz* en griego.

Desde el cielo, Eiríni parecía una esmeralda en medio de un mar color zafiro. Aquel era el hogar de Alekos, su santuario privado. Nunca había llevado allí a ninguna mujer, aparte de su madre y sus hermanas. Cuando aterrizaron, se llenó los pulmones con el perfume a mar y a mimosa que flotaba en el aire. Pero, como siempre, el aroma que invadía sus sentidos era la evocadora fragancia de Sara.

La guio hasta la entrada de la casa, donde lo recibió el ama de llaves.

–María te llevará a tu dormitorio –indicó él–. Puedes explorar por donde quieras o darte un baño en la piscina. Cenaremos dentro de una hora.

Sara sacó un pequeño frasco de pastillas del bolso y se lo tendió.

–Te dejaste los analgésicos sobre la mesa en tu despacho. Si fuera tú, me tomaría la dosis necesaria para descansar un poco.

Su suave voz le sonó a Alekos como un arroyo de montaña. Quería tumbarse con ella y descansar la cabeza dolorida sobre sus pechos. Pero no podía ser. La necesidad hacía vulnerables a las personas.

–Déjate de tonterías. Te pareces a mi madre.

–Si hubiera sido tu madre cuando eras pequeño, te habría mandado a tu cuarto hasta que aprendieras modales.

Alekos se dio cuenta de que la había ofendido. ¿Qué diablos le pasaba que no podía ser civilizado? Cuando Sara se giró para seguir al ama de llaves, la sujetó del brazo.

–Lo siento –dijo él y se apartó el pelo de la frente–. Estoy muy estresado, pero eso no es excusa para que pague contigo mi mal humor.

Cuando Sara le sostuvo la mirada, él se sintió como si pudiera leerle la mente, como si pudiera adivinar que su miedo más profundo era no estar a la altura de su hermano Dimitri.

–Eres un buen presidente, Alekos, y creo que conseguirás el apoyo de los accionistas.

–Esperemos que tengas razón –rezongó él.

Cuando Alekos se despertó, estaba oscuro. Al echar una ojeada al reloj de la mesilla, vio que eran las diez. ¡Las diez! Se incorporó de un salto. Ya no le dolía la cabeza, por suerte. Después de ducharse, había seguido el consejo de Sara y se había tomado un par de analgésicos antes de tumbarse en la cama para descansar un ratito. Eso había sido hacía tres horas. Ella debía de pensar que la había abandonado... otra vez.

Haberla dejado en el *Artemis* cuando había partido para Dubái no había sido una buena idea, admitió él para sus adentros. Se había quedado perplejo cuando había descubierto que era virgen, pero lo que más le había impresionado había sido la intensa química que había ardido entre ellos cuando habían hecho el amor.

Se levantó, pensando que debería vestirse e ir a buscarla. Quizá, era culpa de los analgésicos que hubiera soñado con su hermano y con su miedo a perder GE, que debería haber pertenecido a Dimitri en vez de a él.

Tenía los pantalones sobre la silla, junto a la ventana. Iba a ponérselos, cuando miró hacia la playa. La luna llena brillaba sobre la arena y allí estaba Sara. Frunciendo el ceño, la observó caminar por la orilla. Llevaba un vestido largo y vaporoso y, cuando una ola subió hasta sus tobillos, ella perdió el equilibrio y cayó. Cielos, ¿qué estaba haciendo sola en el mar por la noche? Con el corazón lleno de inquietud, la buscó en la oscuridad, pero ya no la veía.

Maldiciendo, salió corriendo de su habitación y bajó las escaleras de dos en dos. La puerta trasera estaba abierta y corrió fuera, hacia la playa.

–Sara, Sara... –murmuraba él. Sin aliento, vio algo flotando en el agua. Era su vestido–. ¿Sara? –llamó, buscándola entre las olas–. ¿Dónde estás?

–Estoy aquí –dijo ella y salió nadando de detrás de unas rocas, se puso en pie y caminó hacia él–. ¿Qué pasa?

Su calmada respuesta hizo que el miedo de Alekos se convirtiera en furia.

–¿Qué diablos haces nadando sola en la oscuridad? –rugió él y la agarró del brazo–. ¿Eres tonta o qué te pasa? ¿No tienes sentido común?

–¡Ay! Alekos, me estás haciendo daño. ¿Por qué no puedo nadar? No está oscuro. Hay luna llena –repuso ella, tratando de liberarse, pero fue inútil. Alekos la arrastraba hacia la orilla–. Suéltame. Estás obsesionado con el control.

Él la atrajo contra su pecho, jadeante. Le quemaba la respiración, como si hubiera corrido un maratón. Cuando había visto desaparecer a Sara en el mar, su sueño sobre Dimitri le había nublado la mente.

–No llevaré sobre la conciencia a otro ahogado.

Sara dejó de forcejear y se quedó mirándolo con los ojos como platos.

–¿Qué quieres decir?

Alekos maldijo en silencio sus impulsivas palabras. Sabía que debía dejarlo pasar y volver a la casa, pero por alguna razón inexplicable también deseaba compartir con Sara el terrible secreto que lo había perseguido desde la adolescencia.

–Mi hermano se ahogó en el mar –le contó él, tras respirar hondo–. Se había ido a nadar solo de noche y encontraron su cuerpo sin vida en la playa a la mañana siguiente.

–Oh, cielos, qué horrible. ¿Sabes cómo pasó? Igual le dio un paro cardíaco o un calambre mientras nadaba.

–Dimitri era un buen nadador y un gran atleta –replicó él. Soltó a Sara y se dejó caer sobre la orilla, donde las olas bañaban la arena. Le gustaba el mar, pero también lo odiaba por haberse llevado la vida de su hermano. Pero, más aun, se odiaba a sí mismo por no haberlo impedido–. Fue culpa mía. Yo podía haberlo salvado.

Sara se sentó a su lado.

–¿Quieres decir que los dos estabais nadando juntos cuando tu hermano se ahogó? Estoy segura de que habrías hecho lo posible por salvarlo –dijo ella con suavidad.

Él negó con la cabeza.

–No estaba con Dimitri. Su muerte fue considerada

un accidente. Pero... –confesó Alekos y tragó saliva–. Creo que Dimitri se suicidó.

–¿Por qué crees eso? –preguntó ella, conteniendo el aliento.

–Porque me dijo que quería morir. Mi hermano se quejó destrozado cuando descubrió que su novia le había sido infiel y me dijo que no quería seguir viviendo sin ella –recordó él y se pasó una mano temblorosa por la frente. Con catorce años, no había entendido cómo Dimitri había podido sentir algo tan profundo por una mujer.

–Lo entenderás cuando te enamores –le había dicho Dimitri–. Descubrirás que el amor te atrapa cuando menos te lo esperas y te invada hasta que no puedes pensar o dormir o comer, de tanto pensar en la mujer que amas. Y, cuando comprendes que ella no te quiere, el amor te destruye.

Alekos se había jurado entonces, cuando había sido adolescente, que nunca dejaría que el amor lo destruyera como le había pasado a Dimitri. Pero, durante veinte años, se había sentido culpable por no haberse tomado en serio las palabras de su hermano sobre quitarse la vida. Sus padres habían estado hundidos por la muerte de su primogénito y él no había querido aumentar su dolor revelándoles que Dimitri se había suicidado.

–Hablé con mi hermano el día en que murió y me dijo que tenía ganas de meterse en el mar y no volver nunca. Pero no lo tomé en serio. Supuse que superaría lo de Nia y volvería a ser el chico divertido y feliz que siempre había sido... hasta que se enamoró.

Alekos apretó la mandíbula antes de continuar.

–El amor lo destruyó y yo no hice nada para salvarlo.

Sara posó la mano en su brazo para consolarlo. Su silencio estaba lleno de compasión y lo ayudaba a calmar su dolorido corazón.

—Lo recuerdo riendo, siempre riendo —dijo él con voz áspera—. Hasta que, un día, lo encontré llorando. Me sorprendió, pero no hice nada. Debería haberles contado a mis padres que Dimitri tenía pensamientos suicidas. No comprendí cómo mi maravilloso hermano, al que todos querían, pudiera desear tirar su vida por la borda y hacer sufrir a su familia por una maldita mujer.

—No creo que pudieras haber hecho nada, si tu hermano estaba decidido a quitarse la vida —comentó ella con dulzura—. Igual tenía otros problemas que tú no conocías. A los jóvenes les resulta difícil hablar de sus problemas. Pero no sabes seguro que se suicidara. Supongo que no dejó una nota y, por eso, lo declararon un accidente.

—Me contó lo que pensaba hacer, pero nunca se lo confié a nadie. Estoy convencido de que esa fue la causa de su muerte.

—Y has guardado tu sensación de culpa en secreto durante años, aunque ni siquiera sabes si tienes razones para sentirte culpable. La muerte de Dimitri pudo haber sido un accidente. Y, si no lo fue, tú no puedes cargar con la responsabilidad, Alekos. Eras joven y no eras responsable de tu hermano —señaló ella y se puso en pie—. Debemos volver. Es tarde y mañana por la mañana tienes otra reunión con los socios —indicó y se sacudió la arena de las piernas—. Voy a darme un baño rápido para quitarme la arena, pero me quedaré cerca de la orilla.

—Iré contigo —repuso él, se puso en pie y la siguió al mar.

El agua era un refrescante bálsamo para su cuerpo y su mente doloridos. Las palabras compasivas de Sara le habían ayudado a ver el pasado con más objetividad. ¿Podía haber sido una terrible coincidencia que Dimitri hubiera muerto después de haberle confiado su tristeza? Él nunca había considerado esa posibilidad porque, desde los catorce años, había cargado con el pesado yugo de la culpa.

Alekos nadó varios largos a gran velocidad, ansiando exorcizar sus demonios, hasta que al fin se quedó sin aliento.

Contempló cómo Sara volvía a la orilla. Estaba en ropa interior y sus braguitas mojadas dejaban entrever la pálida piel de sus glúteos. Cuando se giró hacia él, vio que la luz de la luna iluminaba sus pezones rosados bajo el sujetador transparente.

Al instante, Alekos experimentó una erección. Era una suerte estar en el agua hasta la cintura, pensó. Pero no podía quedarse allí toda la noche. Cuando caminó hacia la orilla, ella soltó un grito sofocado al percibir el bulto delator bajo los calzoncillos. Al mirarla a los ojos, él se sumergió en sus pupilas dilatadas y llenas de misterio y promesas. Y no pudo evitar hacerle la pregunta que llevaba días sonando en su cabeza.

–¿Por qué me elegiste para ser tu primer amante?

Capítulo 9

SARA sabía que no podía decirle la verdad a Alekos. Aunque fuera lo bastante valiente o tonta para hacerlo, si admitía que lo amaba, a él no le gustaría escucharlo. Ella comprendía mejor sus sentimientos, después de haber conocido la historia de su hermano. La creencia de que Dimitri se había quitado la vida a causa del desamor explicaba muchas cosas sobre su visión del amor.

La verdad era que Alekos culpaba al amor de la muerte de su hermano, tanto como se culpaba a sí mismo de no haberlo salvado... si había sido un suicidio.

Frunciendo el ceño, Sara comprendió que ella también había dejado que el pasado rigiera su vida durante demasiado tiempo.

—Mi madre siempre me decía que los hombres solo querían a las mujeres para una cosa. Mi madre nunca me reveló quién era mi padre, pero estaba claro que lo culpaba por haberla abandonado cuando se había quedado embarazada de mí.

Haciendo una pausa, Sara recordó a la mujer nerviosa y amargada que había sido su madre, con la que nunca había sentido ningún vínculo. Cuando había sido lo bastante mayor para salir con chicos, nunca había dejado que las cosas hubieran ido demasiado lejos y, cuando los chicos se habían cansado de que no se acostara con ellos, eso solo había reforzado la advertencia de su madre. Los hombres solo buscaban sexo.

–Estoy segura de que mi madre quiso a mi padre y que nunca dejó de amarlo. Después de que Lionel volviera con su mujer, no volvió a salir nunca con ningún hombre.

Sara se sacudió la arena de los pies mojados. Alekos estaba muy cerca y eso le hacía subir la temperatura. La luz de la luna hacía relucir las gotas de agua en sus anchos hombros.

–Cuando, al fin, conocí a mi padre, me di cuenta de que no era una mala persona. Admitió que había cometido un error al haber tenido una aventura con mi madre. Pero ella había sabido que estaba casado, así que también había sido error suyo.

Sara miró a Alekos a los ojos. Seguía llevando el parche en el ojo y con la barba incipiente, parecía un pirata más que nunca. Moreno, peligrosamente seductor.

–Me acosté contigo porque quise. Tú no me obligaste, ni fingiste quererme... y me parece bien, porque tú tampoco significas nada para mí.

–¿Pero por qué yo? –insistió él–. ¿Por qué no Paul Eddis, por ejemplo? Te mostraste muy amistosa con él en la cena de la junta directiva.

–Paul es un tipo agradable, pero no tengo con él la química que tuve contigo.

–¿Tuviste? Yo no usaría el tiempo pasado –dijo él y la rodeó de la cintura.

El cuerpo de Sara reaccionó al instante. Avergonzada, se dijo que él debía notar sus pezones endurecidos. Quiso apartarse, pero su deseo no se lo permitía.

–¿Te refieres a esta química? –susurró él, recorriéndola la espalda con la mano, deslizando los dedos bajo sus braguitas para acariciarle los glúteos–. La química sexual nos afecta a los dos, Sara mía.

Ella no pudo negarlo, no cuando su cuerpo delator se estremecía de deseo. Sus bocas se unieron con pasión. Para él, solo era química y ella no debería llamarlo de otro modo, se advirtió a sí misma. La historia sobre Dimitri le había hecho comprender que Alekos jamás se enamoraría de ella, pues despreciaba y temía el amor.

Debía apartarse de él de inmediato, se dijo. ¿Pero por qué negarse a sí misma lo que tan desesperadamente ansiaba? Alekos era un excelente amante. Instintivamente, sabía que para él también había sido especial cuando habían hecho el amor.

Además, ella ya había entregado su carta de dimisión y solo le quedaban dos semanas más de trabajar para él.

¿Por qué no aprovechar al máximo el tiempo y, después, irse con la cabeza alta? Su madre había desperdiciado su vida amando a un hombre que no podía tener. Pero ella no iba a cometer el mismo error. Sabía que Alekos nunca la querría y eso la liberaba de albergar falsas esperanzas. ¿Por qué no entregarse a las delicias de tener sexo con él?

Por eso, Sara lo besó dando rienda suelta a su pasión, le recorrió el torso con la punta de los dedos, bajando hasta donde los calzoncillos mojados revelaban una poderosa erección.

Con un gemido, él le desabrochó el sujetador y posó las manos en sus pechos. Inclinó la cabeza para lamerle y succionarle un pezón, hasta que el grito de placer de ella resonó en la playa. Luego, se dedicó al otro pecho, mientras deslizaba la mano en sus braguitas e introducía un dedo en su húmedo calor.

Cuando a Sara le temblaron las piernas, él le sujetó con más fuerza de la cintura y la ayudó a tumbarse en la arena. Le quitó el resto de la ropa interior y se despojó de los calzoncillos, antes de tumbarse sobre ella. Con su respiración entrecortada en los oídos, se sintió invadida por su masculino aroma. Le lamió el hombro, que sabía a sal.

—Abre las piernas —dijo él con impaciencia.

Sara quería sentir su poderosa erección dentro. Lo ansiaba con todo su corazón. Pero, de pronto, algo hizo que recuperara la cordura y recordara algo vital.

—No podemos hacerlo aquí. No tomo la píldora.

Él se puso tenso y maldijo para sus adentros, se subió los calzoncillos y le dio la mano para ayudarla a levantarse.

—No puedo volver a la casa desnuda. Alguno de los empleados podría verme —murmuró ella.

—Nadie duerme en la casa. Hay una pequeña aldea de pescadores en la isla y todos vuelven a sus propias casas por la tarde —repuso él y la tomó en sus brazos para llevarla por la arena—. Entonces, ¿vas a dormir conmigo?

—Espero que no —bromeó ella con una sonrisa—. Me sentiré muy decepcionada si lo único que hacemos es dormir.

—¿Sabes cuál es el castigo para las niñas malas? —repuso él, riendo y le contó detalladamente lo que pensaba hacerle para castigarla.

Cuando llegaron al dormitorio, Sara estaba temblando de anticipación y deseo. Sin hacerse esperar, Alekos se puso un preservativo y se colocó entre sus muslos.

La penetró con una fuerte arremetida que la dejó sin respiración. Encajaba dentro de ella a la perfección, como si hubiera sido diseñado a su medida. Sin querer detenerse en ese pensamiento, ella se concentró en disfrutar del mar de deliciosas sensaciones que la invadía. Le recorrió la espalda con las manos, deteniéndose en sus suaves glúteos, mientras él entraba y salía con un ritmo continuo.

Sara arqueó las caderas para recibirlo, mientras las arremetidas se iban haciendo más profundas, más fuertes, más rápidas, llevándola al borde del clímax. Aleko era su gozo y su placer, su maestro y su tutor. Su amor.

Temiendo decir las palabras en voz alta, lo agarró del rostro y lo besó en la boca.

–Ah, Sara –dijo él, conmocionado también, como si sintiera que la conexión que los unía fuera mucho más allá de sus cuerpos.

Alekos le demostró lo fantástico e increíble que podía ser el sexo, mientras la sujetaba del trasero y la llevaba al orgasmo con una poderosa arremetida final. Fue más que hermoso y ella gritó su nombre, invadida por oleadas de placer. Él siguió penetrándola, mientras los espasmos del éxtasis la recorrían. Al momento, él también se liberó, soltando un gemido primitivo y sujetándola con fuerza entre sus brazos.

Pasó otra semana, tan tensa y turbulenta como las semanas que la habían precedido. Alekos luchaba por salvar el negocio que su padre le había confiado. En muchos aspectos, fue la peor época de su vida. Reuniones interminables con los accionistas en Atenas, reuniones de estrategia con su equipo directivo, mientras la sombra amenazadora del fracaso planeaba sobre él. Debería estar furioso, crispado, de mal humor. Sin embargo, no podía quitarse una sonrisa de la cara. Sara lo hacía feliz.

En el trabajo, ella era una presencia tranquilizadora. Le ofrecía sugerencias inteligentes y convenientes cuando él le pedía consejo, algo que empezó a hacer cada vez más a menudo. Encandilaba a los accionistas y los directivos confiaban en ella. Sara era una valiosa asistente personal y, cuando regresaban a Eiríni cada noche, lo dejaba fascinado como amante.

A menudo, iban dando un paseo al pueblo y se sentaban en el pequeño puerto para ver cómo los barcos pesqueros descargaban la pesca del día. Luego, volvían a la casa para cenar en la terraza y se iban a la cama para hacer el amor durante horas, hasta quedar exhaustos.

Alekos estaba esperando cansarse de Sara, pero cuando se levantaba cada mañana y contemplaba su bello rostro sobre la almohada sentía el despertar de su deseo. Y, nada más abrir los ojos, ella también estaba excitada al instante y lista para él.

–¿Por qué crees que tu padre te culparía por los problemas de GE, cuando dices que las adquisiciones hostiles son comunes en el mundo empresarial? –le preguntó ella un día, cuando él le había confesado que no había estado a la altura de lo que su padre habría esperado de él.

–Dudaba de mi capacidad de dirigir la compañía con el mismo éxito que Dimitri lo hubiera hecho –admitió él y se secó el pecho con una toalla, después de un baño en la piscina. Se sentó en una hamaca, junto a Sara, que estaba tomando el sol con un pequeño y sensual bikini.

Era domingo y, tras seis jornadas de trabajo imparable, Alekos había decidido que se quedarían en la isla ese día. En realidad, le hubiera gustado no salir del dormitorio, pero Sara había objetado que no podían pasarse todo el día haciendo el amor.

–¿Por qué crees que tu padre te comparaba con tu hermano?

Él se encogió de hombros.

–Dimitri era el primogénito y mi padre lo educó para ser el próximo presidente de GE desde que era niño. Mi relación con mi padre era mucho más distante. Era el menor de cinco hijos, el segundo varón. Cuando Dimitri murió y me convertí en el heredero, mi padre me dejó claro que no era lo que él hubiera querido. A veces, me preguntaba si habría deseado que yo hubiera muerto en lugar de Dimitri.

Sara se incorporó en su hamaca y lo miró con los ojos muy abiertos.

–Estoy segura de que no es así. Debió de ser muy difícil para toda la familia, pero sobre todo para tus padres. Parece que tu hermano era muy querido por todos.

–Sí.

–Sobre todo, por ti. Creo que estabais muy unidos –comentó ella con dulzura.

–Yo lo adoraba –reconoció él, mientras los recuerdos de Dimitri lo invadían. Los dos jugando al fútbol en el jardín, esa vez que habían roto sin querer las ventanas del invernadero y su hermano se había llevado las culpas. Nunca antes había querido acordarse de nada de eso, pues había sido demasiado doloroso pensar en su pérdida. Y le seguía doliendo. Si su hermano no se hubiera enamorado de una estúpida, seguiría allí, todavía riendo, todavía siendo su mejor amigo.

Hacía catorce años que Alekos no hablaba de su hermano y no entendía por qué le estaba abriendo a Sara su corazón. No quería su compasión, igual que no quería desearla con tanta intensidad, ni pasarse todo el día pensando en ella. Su obsesión por ella pasaría, se aseguró a sí mismo. El deseo nunca duraba y, cuanto más sexo compartieran, antes se sentiría saciado y podría olvidarla.

Sin querer darle más vueltas, se tiró a la piscina y nadó unos cuantos largos, hasta que sintió que tenía sus sentimientos bajo control. Por supuesto que no necesitaba a Sara, se dijo. Ella solo era un agradable entretenimiento.

Sara se sentó en el borde de la piscina y él se acercó nadando.

–¿Qué te parece si comemos y nos acostamos la siesta?

–Hmm –murmuró ella–. O podemos ignorar la comida y pasar a la siesta directamente.

–¿No tienes hambre?

–Mucha hambre –contestó ella con una pícara sonrisa.

Alekos la tomó en sus brazos, ignorando sus protestas porque el agua estaba fría.

–En ese caso, es mejor que sacie ese apetito, ¿verdad? –dijo él, le quitó el sujetador del bikini y sujetó sus pechos entre las manos, jugueteando con sus pezones hasta hacerla gemir.

Él era quien llevaba las riendas, se dijo a sí mismo, mientras la llevaba al dormitorio. Le hizo el amor empleando sus mejores dotes para el sexo y, después de llevarla al orgasmo una vez, volvió a llevarla al clímax una segunda vez, mientras ella gritaba de placer con la cara contra la almohada. Solo entonces se reunió con ella en un intenso éxtasis.

A mediados de su segunda semana en Grecia, la situación con GE empezó a cobrar mejor aspecto. Cada vez más accionistas se inclinaban a apoyar a Alekos y se negaban a vender acciones a Stelios Choutos. Alekos seguía tenso, de todos modos. Sara sabía que no podría relajarse hasta que GE y su posición como presidente dejaran de verse amenazados.

Mientras, ella trataba de darle ánimos, aunque también tenía sus propias preocupaciones. En el descanso para comer, corrió un momento a la farmacia. Se compró una prueba de embarazo, aunque estaba segura de que iba a llegarle el periodo. Seguramente, no iba a necesitar hacerse la prueba, se tranquilizó a sí misma.

El viernes por la tarde, llegó la noticia. Alekos entró en el despacho de Sara, adjunto al suyo, y la encontró ante la ventana, contemplando la Acrópolis. Al oírlo entrar, se giró, saliendo de sus pensamientos.

–Hemos ganado –dijo él y la tomó entre sus brazos–. Los socios de Stelios se han echado atrás y acabo de recibir una llamada confirmando que la adquisición hostil no se llevará a cabo.

—Entonces, ¿ha terminado? ¿La compañía está a salvo y seguirás siendo el presidente? —preguntó ella, tratando de no pensar que el final de la batalla por GE significaba que su aventura con Alekos también había terminado.

—Toda la junta directiva me apoya, incluido Orestis Pagnotis.

Alekos sonreía como un niño. La levantó en sus brazos y la besó con pasión. Primero, de alegría y, poco a poco, con creciente deseo. Sara se quedó temblando cuando, por fin, la soltó. Despacio, se apartó de él, intentando recuperar la compostura.

—Felicidades. Nunca dudé que ganarías.

—Lo sé —repuso él. Ya no necesitaba llevar el parche, porque su herida se había curado del todo. Los ojos le brillaban de felicidad—. Tu apoyo ha sido muy valioso. Somos un buen equipo. Volveremos a Londres mañana y seguiremos trabajando en hacer de GE la mejor compañía de yates de lujo del mundo.

Sara no dijo nada en ese momento, ni después. Cuando el helicóptero los hubo llevado a la isla y caminaban hacia la casa, Alekos le dio la mano.

—Estás muy callada.

—Estaba pensando que esta es nuestra última noche en Eiríni, nuestra última noche juntos —le recordó ella—. He dispuesto una secretaria temporal para que ocupe mi puesto mientras haces entrevistas y eliges una definitiva.

Alekos parecía conmocionado. Sin duda, había estado demasiado ocupado luchando por salvar su compañía como para haberse dado cuenta de que habían acordado que trabajaría para él solo hasta ese plazo. Sara lo siguió hasta el salón y miró hacia el jardín, donde la piscina brillaba bajo el cielo azul. Se había enamorado de aquella isla y siempre la recordaría.

Alekos se acercó al mueble bar y sirvió dos bebidas, como cada tarde. Vino blanco para ella y whisky solo con hielo para él. Por lo general, solía llevar las bebidas a la terraza, pero esa tarde se tragó la suya de un golpe y se sirvió otra.

—Podrías quedarte –comentó él, malhumorado–. ¿Por qué tienes que irte? Sé que te gusta tu trabajo.

—Me gusta, pero nunca he querido ser secretaria, en realidad. Lo hice porque necesitaba ayudar a mi madre con la hipoteca. Ahora voy a vender la casa y tengo planes de hacer algo distinto con mi vida.

—Ya veo.

Alekos no intentó convencerla de que se quedara, ni le preguntó por sus planes. Sara ignoró cómo se le encogía el corazón y se recordó a sí misma que era hora de recuperar el control de su vida.

—Ambos sabemos que nuestra... aventura era temporal. Creo que será mejor que terminemos nuestra asociación profesional y personal cuando volvamos a Londres.

De nuevo, un atisbo de sorpresa se dibujó en el rostro de Alekos. Sin duda, era la primera mujer que terminaba una relación con él antes de que él estuviera listo, adivinó Sara. Su cuerpo y su corazón le imploraban que siguiera siendo su amante. Sin embargo, el recuerdo de la vida vacía y amargada de su madre la ayudaba a no seguir por el mismo camino que ella.

—En ese caso, es mejor que aprovechemos esta noche –dijo él con tono frío.

Era obvio que, en el fondo, no significaba nada para él, se dijo Sara. Solo la consideraba una buena secretaria y una buena compañera de cama. Saberlo la ayudaría a endurecerse el corazón y a dejar de soñar con que él cambiara de opinión.

Era un amante excelente, se recordó a sí misma, mientras él le desabrochaba la blusa y deslizaba una mano por debajo del sujetador para acariciarle un pecho. La desnudó allí mismo, en el salón, y se quitó sus propias ropas. Sacó un preservativo del bolsillo y la tumbó en el sofá, antes de colocarse sus piernas por encima de los hombros para tenerla a su merced. Entonces, le dio placer con la lengua, haciéndole gritar su nombre, y la penetró con una profunda arremetida, que hizo que ella llegara al orgasmo de inmediato.

Fue el comienzo de un festín sexual que duró hasta altas horas de la noche. Sara deseaba que el día siguiente no llegara nunca pero, demasiado pronto, la luz del sol la sorprendió.

Cuando se despertó, oyó el ruido de la ducha. Un retortijón en el estómago la impulsó a salir corriendo a su propio baño. Quizá, algo le había sentado mal, se dijo. Aunque el periodo se le había retrasado ya una semana. El test de embarazo fue rápido, solo tenía que esperar unos minutos para ver el resultado.

Alekos llamó a la puerta del baño, mientras ella estaba agarrada al lavabo, incapaz de moverse.

—Te espero abajo para desayunar.

—Sí —consiguió responder ella—. Ahora voy —dijo, conteniendo una arcada al pensar en comida y, sobre todo, ante la perspectiva de darle a Alekos la noticia. Pero debía contárselo. No iba a cometer el mismo error que su madre, pensó con amargura.

Alekos la encontró en la playa, parada en la orilla, donde las olas bañaban sus pies. Recordó lo mucho que se había asustado al verla meterse en el mar el primer día que habían estado en la isla. Y cómo, esa misma noche, ella se había derretido entre sus brazos. El sexo con Sara era mejor que con cualquier otra mujer que hubiera conocido. Aun así, no podía suplicarle que se quedara. Nunca en su vida le había rogado nada a una mujer. Y, aunque había ganado la batalla para conservar GE, no podía estar de un humor más triste. Curiosamente, ni siquiera había pensado en la compañía desde que ella le había anunciado su intención de abandonarlo cuando regresaran a Londres.

–¿Quieres comer algo? –preguntó él, acercándose–. El helicóptero vendrá a recogernos dentro de unos minutos.

–No tengo hambre.

Estaba muy pálida y le temblaban los labios. Alekos frunció el ceño, invadido por un repentino presentimiento.

–¿Qué...?

–Estoy embarazada.

Dijo las palabras muy rápido, como si así pudiera minimizar su impacto. Pero Alekos se quedó paralizado, conmocionado. Observó la esbelta figura de su amante, que no demostraba ninguna señal de la vida que crecía en su interior. ¿Era posible que estuviera embarazada de un hijo suyo? Él nunca había contemplado la idea de ser padre, sino como algo muy vago que tal vez le tendría reservado su futuro lejano. Su familia le había criado con la idea de que era necesario tener un heredero. Pero aquello era real. Si Sara no mentía, y no tenía por qué hacerlo, iba a ser padre. Extrañamente, aquel pensamiento le produjo una inesperada excitación. Cielos, esperaba poder ser un buen padre.

Pero, desde que su hermano había muerto, Alekos se había acostumbrado a ocultar sus sentimientos y dejarle las riendas a su mente fría y racional.

–¿Estás segura?

–Me he hecho la prueba esta mañana... y ha dado positivo. La menstruación se me ha retrasado una semana, pero estaba segura de que... –balbuceó ella y se mordió el labio–. Pensé que había otra explicación. Siempre hemos usado protección.

Alekos se quedó helado al recordar que no había sido tan precavido la primera vez, cuando habían estado en el *Artemis*. Su deseo había sido tan desesperado que le había hecho el amor una segunda vez inmediatamente después sin preservativo.

El mar inmenso y calmado parecía un espejo donde se reflejaba el cielo. Aunque aquella serena estampa no sirvió para calmar sus agitados pensamientos. Su comportamiento irresponsable había tenido consecuencias graves. Debería haber sido más cuidadoso. Debería haber combatido su debilidad por Sara.

–En ese caso, es necesario pensar una estrategia para minimizar el daño –señaló él con voz fría, furioso consigo mismo.

Ella frunció el ceño.

–¿Qué quieres decir?

–¿Cómo crees que reaccionarán los directivos de GE si se enteran de que voy a tener un hijo ilegítimo? Cuando la prensa se entere... me acusarán sin duda de ser un mujeriego irresponsable y eso no va a gustarle a los accionistas, sobre todo, ahora, cuando he estado a punto de perderlo todo. Solo hay una solución. Tenemos que casarnos.

Sara se quedó perpleja. Alekos ignoró su deseo de abrazarla y prometerle que todo saldría bien.

–Felicidades, Sara mía. Has hecho lo que muchas otras mujeres ansían. Te has asegurado un marido rico.

Ella se encogió como si la hubiera golpeado. De inmediato, sin embargo, levantó la barbilla.

–Primero, nunca he sido tuya y, segundo, yo no soy

cualquier mujer. Soy yo y nunca me casaría por dinero. Tu arrogancia es impresionante. Por supuesto que no voy a casarme contigo para salvar tu reputación.

Sara se dio media vuelta y se dirigió a la casa. Oyó el helicóptero acercándose. Por suerte, pronto dejarían Eiríni. No había esperado que la noticia de su embarazo le hubiera hecho gracia a Alekos. Tampoco a ella le había agradado descubrir que la prueba había dado positiva. Se había sentido perpleja y asustada y muy sola. Para colmo, la injusta insinuación de que era una buscona y se había quedado embarazada para cazarlo le daban ganas de llorar.

–¿Vas a negarle un padre al niño, entonces?

Ella se paró en seco y se giró. Alekos la había seguido y estaba solo a unos centímetros.

–Tú no quieres un hijo –murmuró ella.

–No importa lo que yo quiera o no. El niño es mi heredero y, si nos casamos, heredará GE y toda la fortuna de los Gionakis. Si te niegas a casarte conmigo, te daré apoyo económico pero, en el futuro, me casaré con otra mujer y tendré hijos con mi apellido, que heredarán lo que poseo –señaló él, mirándola a los ojos–. ¿Vas a negarle a tu hijo lo que le corresponde por pleno derecho, igual que te pasó a ti? Me contaste que te hubiera gustado crecer conociendo a tu padre. ¿Vas a privar al bebé de crecer contigo y conmigo?

Capítulo 10

ALEKOS la había golpeado donde más le dolía, en su talón de Aquiles. Sabía que ella haría cualquier cosa con tal de darle un padre a su bebé... incluso casarse con él.

Había intentado disuadirlo. En el trayecto en helicóptero y cuando habían abordado el avión privado que los estaba llevando a Londres, ella le había sugerido varias alternativas para que ambos pudieran tener un papel en la crianza del bebé. Pero él había respondido siempre lo mismo. Debían casarse antes de que naciera, para que fuera un hijo legítimo.

Sara miró al sillón de cuero donde Alekos estaba sentado, todavía en el avión. El corazón le dio un brinco al descubrir que él estaba observándola. Se había puesto unos pantalones grises y una camisa blanca desabotonada en el cuello, que mostraba su piel bronceada después de dos semanas bajo el sol griego. El pelo le había crecido y la sombra de barba en su mandíbula le recordaba su contacto cuando la había besado en los pechos y en todo el cuerpo, todas las veces que le había hecho el amor la noche anterior.

Ella había creído que había sido su última noche juntos. En ese momento, se preguntó si él pretendía que su matrimonio incluyera sexo. Y si, cuando se cansara de ella algún día, mantendría discretas aventuras extramatrimoniales.

–Haré una nota de prensa el miércoles para anunciar nuestro compromiso y nuestra próxima boda.

A Sara se le encogió el estómago.

–¿Por qué tan pronto? Deberíamos esperar, al menos, a que el médico confirme el embarazo. Creo que la primera ecografía para comprobar para cuándo se espera el parto la hacen alrededor de las ocho o diez semanas.

–No puedo arriesgarme a que la prensa descubra que estás embarazada antes de que haya hecho público nuestro compromiso. Los directivos de la compañía están muy recelosos. La noticia de que voy a dejar atrás mis días de playboy y que voy a casarme con mi prudente secretaria estimulará su confianza en mí. Por eso, he pedido cita en la joyería para que escojas un anillo.

Todo iba demasiado rápido, pensó Sara. El día anterior, había creído que no volvería a ver a Alekos después de que hubieran regresado a Inglaterra. Y, en el presente, esperaba un hijo suyo y estaba abocada al matrimonio.

–No creo que un matrimonio sin amor sea bueno para nadie, incluido el bebé –señaló ella. Imaginaba un futuro en el que Alekos tendría una hilera de amantes y ella se convertiría en una madre amargada e irritable–. No podré trabajar.

–Mis padres no se casaron por amor y su unión fue muy satisfactoria –comentó él y abrió su portátil, dando por terminada la conversación.

A él le convenía casarse para tener contentos a los directivos de GE, penó Sara. Y convertirse en su esposa era lo mejor también para el niño. ¿Pero qué era lo mejor para ella? ¿Cómo podía casarse con un hombre que nunca correspondería su amor? Al mismo tiempo, ¿cómo iba a negarle a su bebé el apellido Gionakis?

Los precios de los anillos en la joyería de Bond Street dejaron a Sara sin respiración.

–Elige el que más te guste –dijo él–. No me importa cuánto cueste.

Los diamantes del tamaño de una roca no eran su estilo, así que Sara eligió una esmeralda ovala rodeada de pequeños diamantes blancos, porque Alekos comentó que la esmeralda combinaba con sus ojos.

–Pensé que ibas a llevarme a mi casa –señaló ella, cuando la limusina que los había recogido se dirigió hacia casa de él.

–A partir de ahora, esta será tu casa. Haré que traigan tu ropa y tus cosas aquí. Quiero que estés cerca de mí, donde pueda vigilarte.

–Lo dices como si fuera tu prisionera –repuso ella con desconfianza–. ¿Te preocupa que filtre la noticia de mi embarazo a la prensa?

–No. Me has demostrado ser una persona leal y me has ayudado mejor que nadie a combatir a los enemigos de GE –dijo él–. Quiero que te quedes conmigo porque estás embarazada y necesitas que te cuiden.

–Claro que no –negó ella, intentando no dejarse embaucar por la idea de que Alekos la mimara. No era una mujer débil y frágil, sino una persona independiente y saludable.

–Estás pálida y te quedaste dormida en el avión y, hace un rato, en el coche –insistió él.

–Estoy cansada porque no dormí mucho anoche –explicó ella, sonrojándose al recordar las múltiples formas en que le había hecho el amor la noche anterior. Por el brillo de sus ojos, él también debía de estar recordándolo–. ¿Alekos?

–Sí, será un matrimonio real en todos los sentidos –susurró él con voz seductora.

–¿Cómo sabías que iba a preguntarte eso? –inquirió ella, sonrojada.

–Tus ojos son muy expresivos. Revelan tus secretos.

Sara rezó porque no fuera así. De todos modos, se cuidó de no mirarlo cuando él la guio hasta una habitación de invitados en el enorme ático. No quería que adivinara su decepción porque no iban a compartir la cama.

La semana siguiente pasó volando. La noticia de su compromiso se publicó en la mayoría de los periódicos. Sara se alegró de poder ocultárse de los paparazzi en la casa de Alekos. Los reporteros estaban ansiosos por entrevistar a la mujer que había logrado conquistar el corazón del soltero de oro.

Cuando su padre la llamó para felicitarla, le preguntó si asistiría a la boda con sus hermanos. Pero Lionel titubeó tanto en responder que a ella se le encogió el corazón.

—¿Por qué no les dices tú misma a Charlotte y Freddie Kingsley que eres su hermana? —le preguntó Alekos cuando la sorprendió llorando un día que llegó antes de la cuenta del trabajo.

Sara negó con la cabeza.

—No puedo traicionar a mi padre. Quizá, lo mejor es que nunca sepan que soy su hermana y que su padre engañó a su madre.

Alekos se sentó al borde del sofá donde ella estaba, observándola con intensidad.

—Estás pálida como la nieve. ¿Cuántas veces has vomitado hoy?

—Tres o cuatro —contestó ella, encogiéndose de hombros ante su preocupación—. Las náuseas y el cansancio son normales en los primeros meses, pero pronto estaré mejor.

Sin embargo, no fue así. Los días siguientes, los mareos se hicieron más frecuentes y un agudo dolor en el abdomen apenas la dejaba relajarse. Había leído que los abortos espontáneos eran comunes en el primer trimestre de embarazo y que no se podía hacer nada para prevenirlos.

Desde que había descubierto que estaba embarazada, su bebé se había convertido en un ser real para ella. Se lo imaginaba como un niño de pelo y ojos morenos, como su padre, y cada vez se sentía más protectora hacia él.

—Aguanta, pequeño —le susurró cuando se fue a la cama temprano esa noche, pensando que descansar le sentaría bien al bebé.

El dolor la despertó unas horas después. Era tan intenso que no la dejaba respirar. Angustiada, encendió la luz de la mesilla y una gigantesca mancha de sangre en las sábanas confirmó sus peores miedos. Estaba a punto de desmayarse del dolor. Su instinto le decía que algo andaba muy mal.

—Alekos... —musitó ella, temiendo que, si no la oía, moriría desangrada. Con las pocas fuerzas que le quedaban, volvió a llamarlo—. Alekos... ayúdame.

—¿Sara?

Alekos encendió la luz del techo y maldijo en voz alta.

—Voy a llamar a una ambulancia —dijo él, mientras le tocaba la frente a Sara, que estaba ardiendo—. Aguanta, Sara mía —rogó, lleno de temor.

Pero el dolor era demasiado intenso y Sara sintió que perdía la conciencia.

No se sabía lo que se tenía hasta que se perdía. Aquel pensamiento no dejaba de resonar en la cabeza de Alekos mientras daba vueltas en la sala de espera como un león enjaulado. Sara había ingresado en el quirófano de urgencias para detener una hemorragia producida por un embarazo ectópico.

—Eso ocurre cuando el óvulo fertilizado se implanta en una de las trompas de Falopio, en vez de en el útero —le había explicado el obstetra de urgencias a Alekos—. El embarazo no puede proseguir y la vida de la madre corre peligro si se rompe la trompa, como desafortunadamente le ha pasado a la señorita Lovejoy.

Una larga hora y dos transfusiones de sangre después, Sara fue transferida a la unidad de cuidados intensivos. Una enfermera le dijo a Alekos que había tenido suerte, pues sobreviviría. Eso él ya lo sabía. Nunca olvidaría su imagen pálida e inmóvil, sobre un charco de sangre en la cama.

Solo mucho después, mientras estaba sentado a su lado en una silla, fue capaz de pensar en el bebé que había perdido y en que casi había perdido a Sara también. Se había pasado toda la vida construyendo una fortaleza alrededor de su corazón, para que nada pudiera lastimarlo como la muerte de Dimitri había hecho. Entonces, ¿por qué tenía los ojos húmedos y un nudo en la garganta que casi le impedía tragar?

Cinco días después, entró en la habitación donde la habían llevado cuando había estado lo bastante recuperada como para salir de la unidad de cuidados intensivos. Sonrió cuando la vio vestida y sentada en una silla. Con alivio, se dio cuenta de que sus mejillas estaban un poco sonrojadas, aunque parecía tan frágil como el cristal tallado.

—Tienes buen aspecto —comentó él. Era mentira, pero fue lo único que se le ocurrió. El pequeño bebé que habían concebido sin planearlo había desaparecido. No tenía ni idea de qué sentía ella por la pérdida de su hijo. Igual que tampoco podía enfrentarse a sus propios sentimientos. Por eso, se obligó a sonreír—. ¿Estás lista para volver a casa?

Sara evitó mirarlo. No era buena señal, pensó él.

–No voy a volver a tu casa.

–Entiendo que tengas malos recuerdos. Podemos ir a otra parte. Le preguntaré al médico si puedes volar y, si es así, nos iremos a Eiríni.

–No.

Al final, Sara lo miró. Una lágrima le corría por la mejilla.

–No es por la casa. Me entristece haber perdido al bebé, pero solo sabíamos que estaba embaraza desde hacía dos semanas. Estaba empezando a hacerme a la idea de ser madre, pero ahora... eso no va a suceder –dijo ella, se sacó algo del bolso y se lo tendió–. Necesito darte esto.

Alekos contempló el anillo de compromiso con la mandíbula apretada.

–Si no hay bebé, no hay razón para que nos casemos –dijo ella en voz baja.

Algo se tambaleó dentro de Alekos. Se sintió como si estuviera cayendo en un abismo sin fin. Durante los días previos, solo había podido pensar en Sara y en el bebé que habían perdido. No había previsto que ella pudiera decirle algo así. Y no tenía ni idea de qué responder, ni qué pensar.

–Tampoco hay necesidad de tomar decisiones apresuradas. Lo has pasado muy mal y necesitas tiempo para recuperarte, antes de que podamos hablar de nuestro futuro.

Sara meneó la cabeza.

–No tenemos un futuro juntos. La única razón por la que querías casarte conmigo era porque estaba embarazada de un hijo tuyo.

–Eso no es cierto del todo. Había otras razones que siguen siendo válidas aunque no haya bebé.

–¿Qué razones?

Alekos reparó en la tensión repentina que invadía el

cuerpo de Sara y en cómo le temblaba el labio inferior. Tuvo ganas de abrazarla y hundir la cara en el aroma a vainilla de su pelo. Tuvo la tentación de dejarse llevar por sus sentimientos. Pero se acordó de Dimitri, de cómo había tirado la vida por la borda por culpa del amor, y la fortaleza alrededor de su corazón se endureció.

—Mi posición en GE se verá fortalecida, si me caso. Los directivos te valoran y te respetan. Igual que yo, Sara. Hacemos un buen equipo y estoy seguro de que, si fueras mi esposa, organizarías mi casa con la misma eficiencia que organizas mi despacho.

Hasta para sus propios oídos, sus palabras sonaron pomposas. Sara soltó una amarga carcajada.

—Hablas del matrimonio como si fuera a ser tu asistente personal con algunas prestaciones extra.

—Muchas mujeres saltarían de alegría ante la perspectiva de disfrutar de un estilo de vida como el que te estoy ofreciendo. No tendrás que trabajar y podrás estudiar arte o lo que te guste. Y no nos olvidemos del sexo —repuso él y vio cómo ella se sonrojaba, a pesar de que ambos conocían cada centímetro del cuerpo del otro—. La química que hay entre nosotros no parece extinguirse nunca.

—Y eso no te gusta —adivinó ella—. El matrimonio que me describes no me parece justo. A mí no me importa tu dinero —se apresuró a responder ella—. Estoy de acuerdo en que el sexo es estupendo. Pero te cansarías de mí antes o después. He sido tu asistente personal durante dos años y sé que enseguida pierdes interés en las mujeres.

—¿Qué quieres, entonces? —replicó él, furioso por sentirse desnudo delante de ella.

—Lo más triste es que tengas que preguntarlo —dijo ella, se puso en pie y tomó el bolso—. Mi amiga Ruth va a venir a recogerme. Me ha invitado a quedarme con ella, porque se ha vendido la casa de mi madre.

Alekos sintió algo parecido al pánico al comprender que Sara hablaba en serio.

–Sara, podemos hablar.

–Sí, hasta que las ranas críen pelo, pero eso no cambiará nada. Entiendo por qué no quieres dejar que nadie se te acerque demasiado. Sé que te sientes culpable porque piensas que podías haber salvado a tu hermano. Pero no puedes vivir en el pasado para siempre, Alekos. El amor no es un enemigo y no creo que Dimitri hubiera querido que vivieras tu vida sin amor.

–¿A pesar de que a él le costó la vida?

–No puedes estar seguro de que se suicidara. Me contaste que no habías hablado de la muerte de Dimitri con el resto de tu familia. Quizá deberías. Porque una vida sin amor te convierte en un ser tan amargado e infeliz como lo fue mi madre y como yo lo sería si me casara contigo.

Sus palabras le llegaron a lo más hondo.

–No recuerdo que fueras infeliz cuando estábamos en Eiríni –señaló él, la tomó entre sus brazos y buscó su boca–. Te hice feliz allí –murmuró contra sus labios–. ¿Crees que podrás encontrar la misma pasión con cualquier otro?

Alekos la besó y su cuerpo se incendió cuando ella le correspondió. Era la luz de su vida, pensó. Y se dio cuenta que, desde el primer día que la había conocido, siempre había buscado su sonrisa amable y se había sentido cómodo con ella como con ninguna otra mujer. Habían sido amigos antes que amantes, pero ella estaba dispuesta a abandonarlo porque él se negaba a ponerle nombre a lo que sentía.

Sabía cómo seducirla. Sabía cómo besarla para vencer sus resistencias. El cuerpo de Sara se derritió entre sus brazos, llenándolo de satisfacción.

Sin embargo, ella separó sus bocas y lo empujó para apartarlo. Sorprendido por su rechazo, Alekos se quedó inmóvil e impotente.

–Me deseas –dijo él con desesperación–. Estamos bien juntos, Sara. Pero no voy a suplicarte. Si me voy, no volveré. Nunca.

Ella se puso de puntillas y lo besó en la mejilla.

–Espero que, algún día, encuentres la felicidad que te mereces. Y espero que yo también. No puedo conformarme con menos de lo que quiero, Alekos.

Él se quedó helado. ¿Conformarse con menos? ¿Él no era suficiente para ella? Lo mismo le había sucedido a su padre, que siempre le había puesto en segundo lugar, detrás de su hermano. Sus palabras lo hirieron más que una puñalada en el corazón.

Sara se quedó mirando cómo Alekos salía de la habitación del hospital y se contuvo para no salir corriendo detrás de él. Se dejó caer en la cama, superada por la enormidad de lo que acababa de hacer. Su sensación de pérdida era insoportable.

Cuando había recuperado la conciencia en la unidad de cuidados intensivos, adivinó al instante que su bebé no había sobrevivido. Nunca había experimentado un dolor semejante. Era cierto que solo había conocido su embarazo hacía un par de semanas, pero un hondo vacío en su interior le gritaba que su esperanza de ser madre había muerto con el bebé.

Y acababa de perder también a Alekos. Nunca volvería a verlo, no volvería a sentir sus abrazos, ni cómo se movía dentro de ella en el delicioso baile del amor. Porque no era amor, se recordó a sí misma. Lo que había compartido con Alekos había sido buen sexo, y no había significado nada más para él.

Por mucho que odiara reconocerlo, no había sido más que otra de sus amantes. La única diferencia entre ella y las incontables mujeres con las que Alekos había salido era que les gustaba a los directivos de GE. Por eso, quería casarse con ella aunque no estuviera embarazada.

Sara sabía que había hecho lo correcto al rechazarlo. Su encuentro cercano con la muerte cuando se le había rasgado una trompa de Falopio le había recordado que la vida era demasiado preciosa para malgastarla. Durante un instante, había creído que Alekos iba a admitir que ella le importaba. Había contenido el aliento, llena de esperanza. Pero él solo había dicho que la valoraba como habría valorado un cuadro caro o uno de los superyates de su compañía.

En el pasado, Sara había estado agradecida por las migajas que él le había querido ofrecer. Había tenido tan poca autoestima que se habría casado con él porque lo adoraba y no creía que un hombre atractivo, carismático y sofisticado pudiera enamorarse de una secretaria corriente y del montón.

Pero, tras haber conocido a su padre, se sentía una persona completa. Si miraba atrás en los últimos meses, comprendía que se había tomado más interés en cuidar su aspecto porque se había sentido más segura de sí misma, más valiosa. Tal vez, había sido esa nueva autoconfianza lo que había atraído a Alekos, junto con sus nuevas ropas y su peinado distinto. Y ella había estado a punto de olvidar que él, en una ocasión, le había dicho que el amor no era más que una palabra inventada por poetas y románticos para definir el sexo.

El sonido de una profunda voz varonil detrás de la puerta hizo que el corazón le diera un brinco. Pero, al asomarse al pasillo, no era Alekos el hombre que discutía con las enfermeras en las recepción, atrayendo la atención de los curiosos que había alrededor.

–No me importa si mi nombre no está en la lista de familiares –protestó Lionel Kingsley con indignación–. Sara Lovejoy es mi hija y he venido a visitarla –añadió y, al mirar a su alrededor, posó en ella sus ojos llenos de preocupación–. Sara, cariño, deberías estar descansando –dijo, caminando hacia ella.

Sara lo dejó pasar en su habitación a toda prisa y cerró la puerta tras él.

–¿Qué estás haciendo aquí? Docenas de personas te han oído decir que soy tu hija –señaló ella y se mordió el labio–. Lo más probable es que hayan colgado tu foto en las redes sociales y, pronto, la noticia llenará titulares en la prensa, sobre todo, cuando estás a punto de ser el próximo ministro del Interior.

–Nada de eso es importante –repuso él, abrazándola con fuerza–. Lo que importa es que estás bien y que has estado a punto de perder la vida. Alekos me llamó y me contó lo que había pasado. Me ha dicho que has perdido al bebé –añadió, estrechándola contra su pecho–. Lo siento, Sara. Siento tu pérdida y también me avergüenzo de mi comportamiento. Alekos fue muy contundente cuando me acusó de que te había fallado como padre por duplicado. La primera vez, al no estar contigo cuando eras niña. Y la segunda, al no reconocer públicamente que eres mi hija.

–¿Te dijo eso? –preguntó ella, pálida.

–Y mucho más. Me recordó que soy afortunado de tener una hija leal, hermosa y bondadosa. Cuando me contó que casi habías muerto, me di cuenta de lo estúpido y egoísta que he sido. Debería haberte dado la bienvenida sin reservas y siento no haberlo hecho antes.

–¿Pero qué pasa con Charlotte y Freddie? –inquirió ella, impresionada de pensar que Alekos había salido en su defensa delante de su padre–. ¿Cómo crees que se tomarán la noticia de que soy su hermana?

–¿Por qué no me lo preguntas tú? –dijo Charlotte Kingsley, mientras entraba en la habitación–. Freddie está en Estados Unidos, pero me pidió que te dijera que ya sabe a quién le recuerdas –comentó con una sonrisa–. Tú y yo nos parecemos mucho y no solo por nuestros ojos verdes. Los tres hermanos hemos salido a nuestro padre y Freddie está de acuerdo en que no podíamos haber elegido a nadie mejor como hermana.

–Pensé que me odiaríais –admitió Sara, temblorosa.

Charlotte le apretó la mano.

–¿Por qué íbamos a odiarte? Nada de lo que pasó en el pasado fue culpa tuya. Siento no haber sabido nada de ti durante veinticinco años, pero espero que ahora seas parte de la familia para siempre... si tú quieres.

Sara miró a su padre.

–¿No te preocupa que el escándalo afecte a tu carrera política?

Lionel se encogió de hombros.

–Estas cosas acaban sabiéndose antes o después. Me comporté mal con tu madre y con mi mujer hace años y la persona que más sufrió fuiste tú. Más importante que mi carrera es mi determinación de arreglar las cosas y ser el padre que debería haber sido en tu infancia. Y me gustaría empezar llevándote a mi casa en Berkshire para que puedas recuperarte. Aunque, por supuesto, si prefieres irte con Alekos, lo entenderé –señaló su padre y esbozó una expresión contrariada–. La verdad es que esperaba que Alekos estuviera aquí. Sé que no se movió de tu lado cuando estabas en cuidados intensivos. Y, cuando vino a verme ayer para decirme lo que pensaba de mí por haberte tratado mal, parecía haber salido de los infiernos. No es de extrañar, después de que haya perdido a su bebé y casi te haya perdido a ti. Es obvio lo mucho que te quiere.

Sara se dejó caer en la silla y enterró el rostro entre

las manos. Se sentía en una montaña rusa emocional. Invadida por la inmensa tristeza de haber perdido a su bebé y lo cerca que había estado de perder la vida, había rechazado a Alekos sin tener en cuenta lo que él sentía por la pérdida de su hijo. Aunque su embarazo había estado en fase inicial, era probable que le hubiera recordado a la muerte de Dimitri.

Un sollozo escapó de sus labios. Charlotte le posó una mano consoladora en el hombro y le tendió unos pañuelos de papel.

—Desahógate, Sara. Has vivido una experiencia terrible y necesitas tiempo para llorar a tu bebé.

Lo mismo le sucedía a Alekos. Pero ella sabía que él bloquearía sus sentimientos como había hecho cuando Dimitri había muerto.

—Creo que he cometido un terrible error —balbuceó ella entre sollozos. Alekos la necesitaba y ella lo había rechazado. Sus lágrimas eran por el bebé, por ella pero, sobre todo, por el hombre al que amaba.

Capítulo 11

ALEKOS había pasado la infancia en casa de sus padres a las afueras de Atenas. De niño, se había pasado las horas jugando en su playa privada, hasta que Dimitri había muerto. Luego, había dejado de ir allí.

Se apartó de la ventana, donde había estado contemplando las olas. La reciente tormenta había agitado el mar y el cielo estaba encapotado, igual que su humor. Tomó el certificado de defunción de su hermano de la mesa en el despacho de su padre y lo leyó una vez más, antes de mirar a su madre.

–¿Por qué no me dijisteis que Dimitri sufrió un ataque al corazón cuando estaba nadando y que esa fue la causa de su muerte?

–No querías hablar nunca de él. Si se mencionaba su nombre, te ibas de la habitación. Tu padre y yo pensamos que era mejor no hablar del accidente y esperar a que crecieras para sacar el tema –explicó su madre y suspiró–. Dimitri nació con un defecto congénito en el corazón. Cuando creció, era un muchacho tan fuerte y atlético que tu padre y yo nos fuimos olvidando de su problema. Cuando nos enteramos de que había sufrido un ataque al corazón, nos sentimos culpables de no haberle obligado a hacerse más reconocimientos médicos. La razón por la que se ahogó era demasiado dolorosa para nosotros, por eso, no soportábamos hablarlo

con tus hermanas y contigo. ¿Por qué te importa la causa
de su muerte ahora, después de tantos años?

Alekos tragó saliva.

–Durante todos estos años, creí que Dimitri se había
quitado la vida. Estaba hundido cuando descubrió que
su novia lo había engañado y me dijo que no quería vivir
sin ella.

Su madre frunció el ceño.

–Recuerdo que estaba disgustado por una chica. Tu
padre lo había organizado todo para que se fuera a trabajar en la oficina de Miami durante unos meses. Tú no
estabas en casa esta tarde y no sabes lo excitado que
estaba Dimitri con su viaje –recordó su madre, mirándolo a los ojos–. Estoy segura de tu hermano amaba la
vida. Solía nadar de noche a menudo y, cuando le dije
que era mejor que no se fuera al mar solo, me respondió que me preocupaba demasiado.

–Me sentía culpable por no haber buscado ayuda
cuando Dimitri me contó lo deprimido que estaba
–confesó Alekos–. Sentía que no lo había salvado. Lo
echaba mucho de menos, pero no quería llorar delante
de nadie porque tenía catorce años, ya no era un crío.
La única forma en que podía soportar su pérdida era no
hablando de él.

–La muerte de Dimitri fue un golpe del destino
–opinó su madre–. Ojalá hubiera sabido lo que sentías.
Pero me temo que has heredado de tu padre la manía de
no compartir tus sentimientos. Kostas pensaba que debía ser fuerte por toda la familia, pero la muerte de Dimitri le hizo encerrarse en sí mismo. Creo que le costaba
demostrarte lo mucho que te quería porque tenía miedo
de perder a otro hijo y sufrir igual que le había pasado
con Dimitri –explicó y se secó una lágrima–. Tu padre
estaba muy orgulloso de ti. Admiraba tu impulso y tu
determinación de sacar a GE adelante.

–Ojalá hubiera sabido que papá aprobaba mis ideas. Siento no haber hablado con él de Dimitri. Podría habernos ayudado a los dos.

Su madre asintió.

–La honestidad y compartir los sentimientos son dos claves para que funcione una relación. Debes recordarlo cuando te cases con Sara.

Alekos apretó la mandíbula.

–Sara ha roto nuestro compromiso porque no puedo darle lo que quiere.

–Sara no me parece una chica que busque bienes materiales.

–Dice que solo se casará por amor.

–Bueno, ¿y qué otra razón puede haber para casarse?

–Pensé que papá y tú os casasteis por conveniencia –dijo él frunciendo el ceño.

Su madre rio.

–Nuestros padres también lo pensaban. Pero Kostas y yo nos habíamos enamorado en secreto y planeamos al detalle nuestro supuesto matrimonio de conveniencia. El amor es la única razón para casarse. ¿Cuál es el problema? Tú quieres a Sara, ¿no?

Alekos no pudo responder a su madre, aunque sospechaba que la respuesta debía de estar flotando en el torbellino de emociones que desde hacía días le nublaba la razón.

–Entiendo que mi padre tuviera miedo de amar, después de haber perdido a un hijo –dijo él. De golpe, recordó cuando había estado en la sala de espera del hospital, rezando con toda su alma porque Sara no muriera–. El amor puede hacer daño.

–Pero también puede traer la mayor de las alegrías –aseguró su madre con suavidad–. Me alegro de que Dimitri fuera mi hijo. Fue mejor tenerlo durante veintiún años que no haberlo tenido nunca. El dolor que sentí cuando murió fue horrible, pero la felicidad que me dio en su corta vida fue mucho mayor.

Era una fiesta maravillosa y Sara intentó convencerse a sí misma de que lo estaba pasando bien. Miró a su alrededor en la sala de fiestas del hotel de cinco estrellas en Mayfar y reconoció a numerosas celebridades que, como ella, habían sido invitadas a la fiesta de cumpleaños de un músico famoso.

Desde que la noticia de su parentesco con Lionel Kingsley había saltado a los titulares hacía un mes, había sido invitada a los principales eventos sociales junto con sus hermanos. Le encantaba ser parte de la familia y, mientras vivía en la casa de su padre en Berkshire, había estrechado su relación con Lionel, Charlotte, y Freddie. Los tres la habían animado a estudiar Bellas Artes después de que había dejado su empleo en GE.

Los largos paseos por el campo y la compañía de su familia la habían ayudado a superar, poco a poco, la pérdida de su hijo. Superar la ruptura con Alekos estaba siendo mucho más difícil, sobre todo, después de que les había contado a su padre y hermanos que había roto su compromiso y ellos le habían preguntado si estaba segura de haber hecho lo correcto.

Bueno, ya estaba segura. Las fotos de Alekos en un estreno de cine acompañado de una rubia explosiva habían llenado las páginas del corazón. Ella estaba furiosa por haberse preocupado tanto por él. Incluso lo había llamado por teléfono para preguntarle si estaba bien. Alekos no había respondido al teléfono ni le había devuelto la llamada. Y, después de haber visto las fotos con su nueva novia, debía aceptar que él había rehecho su vida sin problemas.

Un agudo dolor en el pie la sacó de sus pensamientos.

—Lo siento —se disculpó el hombre con el que había estado bailando—. Debe de ser la tercera vez que te aplasto los dedos de los pies.

—La cuarta, en realidad.

Sara ocultó su irritación con una sonrisa. El hombre se había presentado a sí mismo como Daniel.

—Trabajo como modelo, pero quiero ser actor —le había dicho él.

Era bastante guapo y era una suerte que su deseo no fuera ser bailarín, pensó Sara. Por desgracia, no tenía ningún porvenir con ella. Cuando la apretó entre sus brazos, no sintió nada. Lo cierto era que echaba a Alekos de menos a todas horas y no podía dejar de pensar en él.

—¿Hay alguna razón por la que ese tipo alto de ahí me esté mirando como si quisiera asesinarme? —preguntó Daniel—. Viene hacia aquí y tengo la sensación de que es el momento de que me vaya.

—¿Qué tipo...?

Sara se quedó sin respiración cuando Alekos se plantó a su lado.

—Te recomiendo que te busques otra pareja de baile —le advirtió Alekos a Daniel, quien inmediatamente soltó a Sara como si tuviera la lepra.

Alekos estaba imponente con unos pantalones negros y una camisa negra desabotonada en el cuello, que dejaba entrever un poco de su masculino vello. Tenía el pelo revuelto, como si se hubiera estado pasando los dedos por él o, como si alguien lo hubiera hecho, pensó Sara con amargura, recordando las fotos de Alekos con aquella rubia. Por suerte, su sentido de la dignidad y su rabia le impidieron ponerse a babear por él.

—¿Cómo te atreves a estropearme la noche?

–Me atrevo, Sara mía, porque si tu simpático bailarín no se hubiera ido, habría tenido que estrangularlo
con mis propias manos –repuso él con ojos brillantes
como el tizón caliente.

¿Estaba furioso?, pues ya eran dos, se dijo Sara,
tratando de zafarse de sus manos, que la sujetaban de la
cintura.

–No soy tu Sara, te lo repito. ¿Puedes soltarme? Estás
montando una escena. La gente nos está mirando.

–No he hecho más que empezar –advirtió él–. Puedes salir conmigo del salón o hacer que te saque yo, lo
que prefieras.

Sara apretó los dientes como si quisiera morderlo,
pero prefirió no llamar más la atención y dejó que la
guiara a través del salón y del vestíbulo del hotel, hasta
los ascensores.

–¿Qué va a decir tu novia? No finjas que no sabes a
quién me refiero. Debes de haber visto tu bonita foto
con la señorita Implantes. Ha salido en todas las revistas.

–Ah, te refieres a Charlene –repuso él tras unos segundos de estupor.

–No leo las revistas de cotilleos. No sé cómo se
llama.

–Charlene es la mujer de Warren McCuskey, quien
como sabes compró el *Artemis*. La pareja ha viajado a
Londres para cerrar el trato y, como Warren se ha
puesto enfermo, yo acompañé a Charlene al estreno y,
luego, la llevé de vuelta a su hotel. Es sorprendente lo
leal que le es a su marido millonario –comentó él con
tono sarcástico.

–Ya –murmuró ella. Sin haberse dado cuenta apenas, había dejado que Alekos la llevara hasta un ascensor. Las puertas se cerraron, dejándolos a solas dentro.

–¿Adónde me llevas?

—Me alojo en este hotel. Vamos a mi suite.

—No quiero...

—Tenemos que hablar.

Algo en la expresión de Alekos hizo que a ella se le encogiera el corazón. El pecho le subía y le bajaba con rapidez bajo el vestido escarlata de seda que se había puesto para animarse.

—Estás preciosa —observó él.

Sara lo miró con los nervios de punta. El ascensor se detuvo y, mientras lo seguía por el pasillo hasta la habitación, ella se preguntó por qué se estaba poniendo en esa situación a sí misma. Sabía que volver a verlo solo iba a hacerle más difícil olvidarlo.

—¿Quieres beber algo?

Así tendría las manos ocupadas, al menos, pensó Sara y asintió. Alekos sirvió dos copas de champán en el mueble bar. Era lo mismo que habían bebido aquella noche en el yate, en Mónaco, cuando se habían convertido en amantes.

—¿Cómo estás?

—Bien —dijo ella con voz ronca. No era cierto, pero estaba en ello—. Me encanta estar con Charlotte y Freddie. Me siento muy afortunada de que mi padre y ellos sean parte de mi vida.

—Seguro que para ellos es una suerte haberte encontrado —opinó él. De pronto, la expresión indescifrable que había tenido en el ascensor volvió a asomar a sus ojos.

Sara trató de no dejarse engatusar, de no sentir cosas que no debía sentir.

—¿Y tú? Te llamé... pero no me contestaste.

—Estaba en Grecia. Visité a mi madre y hablamos sobre mi hermano —explicó él y señaló a un sofá para que Sara se sentara. Como ella no lo hizo, ambos siguieron de pie—. Dimitri murió de un ataque al corazón mientras estaba nadando –añadió con brusquedad–. Al fin, he leído el informe del forense. Mis padres tenían sus razones para no hablar de la causa de su muerte y yo nunca les hablé de mi hermano porque quería bloquear mi dolor.

–Me alegro de que hayas averiguado la verdad y puedas dejar de culparte –comentó ella con sinceridad–. Espero que puedas dejar el pasado atrás y retomar tu vida.

–¿Te incluyes a ti misma en ese pasado que esperas que olvide?

Sara tragó saliva. Alekos estaba demasiado cerca, tanto que podía percibir las pequeñas arrugas alrededor de sus ojos que delataban que llevaba días sin dormir bien. Parecía tan tenso como ella.

–Supongo que ambos tenemos que seguir con nuestras vidas –repuso ella, tratando de sonar calmada–. Empezar de cero.

–¿Y si te pidiera que vuelvas conmigo?

–No puedo ser tu asistente personal otra vez, después de que hemos compartido... una aventura.

–¿Una aventura? Por todos los santos, Sara, hemos creado un bebé juntos.

–Un bebé que tú no querías. Igual que no querías casarte conmigo –le espetó ella y le dio la espalda, decidida a no derrumbarse delante de él.

–No es verdad. Yo quería casarme contigo. No respondí tu llamada porque cuando te fuiste a vivir con tu padre después de salir del hospital, acordé con Lionel que te daría tiempo. Necesitabas recuperarte del aborto y pasar tiempo con tu nueva familia.

Sara se encogió de hombros como si no le importara, lo cual no era cierto. Alekos frunció el ceño y prosiguió.

–También, le pedí permiso a tu padre para casarme contigo.

Ella se atragantó con el champán.

—¿Qué? —gritó ella, furiosa—. No pienso casarme contigo para tener contentos a los directivos de GE.

—Bien, porque esa es una mala razón para casarnos —contestó él, mientras sus ojos relucían con un intenso calor que derretía a Sara.

—Hablo en serio.

Alekos dio un paso más hacia ella y la rodeó con los brazos, sin dejarse amedrentar por su mirada de advertencia.

—Y yo —aseguró él, apretando la mandíbula al ver que Sara dejaba escapar una lágrima—. ¿Estabas celosa cuando viste mi foto con Charlen?

—No estaba celosa —mintió ella, sonrojándose.

—¿Te sentías como yo esta noche, cuando te vi bailando con ese tipo y me dieron ganas de arrancarle la cabeza?

—Claro que no —repitió ella. No sabía a qué estaba jugando Alekos, pero debía alejarse de él antes de derretirse por completo. Tenerlo tan cerca intoxicaba sus sentidos, le nublaba la razón.

—Mentirosa. ¿Estabas celosa porque me quieres?

¿Para qué negarlo?, se dijo Sara. No podía seguir combatiendo sus sentimientos. Por eso, sabía que no le quedaba más remedio que convertirse en su amante de nuevo si él se lo pedía, pues la vida era demasiado corta como para rechazar la oportunidad de volver con él, aunque sabía que acabaría rompiéndole el corazón.

—Sí, te amo. Te he querido siempre, aunque eres el hombre más arrogante que he conocido —confesó ella con ojos brillantes.

—Pero soy el único hombre con el que te has acostado, arrogante o no —observó él con una pícara sonrisa.

Su voz sonaba extraña, como si tuviera la garganta constreñida. Entonces, a Sara le sorprendió descubrir que él también tenía los ojos húmedos.

–¿Alekos? –susurró ella.

–Sara mía... –dijo él, apretándola contra su pecho. Le sujetó el rostro con manos temblorosas–. Te amo. Cuando te acompañé en la ambulancia al hospital, me aterrorizaba perderte. Y me di cuenta de que no había querido enamorarme de ti por miedo. Asociaba el amor a la pérdida y el dolor que sentí cuando murió Dimitri.

–Es comprensible –contestó ella, temblando también–. Estabas en una edad muy delicada cuando murió y tu hermano era tu mejor amigo.

–Nosotros nos hicimos amigos cuando trabajabas para mí, ¿verdad, Sara? Me gustabas y te respetaba cuando me ponías en mi lugar. Contigo me sentía mucho más a gusto que con cualquiera de mis amantes. Hasta que, un día, entré en el despacho y me topé con un preciosa y sensual mujer. No te imaginas la sorpresa que me llevé cuando descubrí que eras tú.

Ella se sonrojó.

–Antes de eso, ni te habías fijado en tu sencilla secretaria.

–Sí me fijaba en ti. A menudo, me ponía a pensar en algún comentario divertido que habías hecho y apreciaba tu aguda inteligencia y tus consejos sobre temas de trabajo. Casi me enfadé contigo cuando me hiciste desearte, también. Sabía que estaba en peligro de enamorarme de ti y quise creer que, si nos hacíamos amantes, perdería el interés. Pero ocurrió al revés. Cuando me contaste que estabas embarazada, fue la excusa perfecta para casarme contigo sin tener que admitir lo que sentía.

Sara se mordió el labio, pensando que era demasiado bonito para ser verdad.

–Dijiste que el amor era una palabra que los poetas y los románticos habían inventado para el sexo. ¿No será que estás confundiendo ambas cosas?

–No te culpo por dudar de mí. Te quiero con todo mi corazón.

Sara ansiaba creerlo con desesperación. Alekos la observaba con adoración en los ojos.

–¿Quieres casarte conmigo, Sara mía, por la única razón de que eres el amor de mi vida?

En ese momento, Sara se repitió que, sin duda, era demasiado bonito para ser verdad. Con cuidado, salió de entre sus brazos y cerró los ojos.

–No puedo.

–Cielos, Sara. Haré lo que sea para probarte que te quiero –suplicó él, quebrándosele la voz–. Por favor, créeme.

–Te creo. Y te quiero. Pero tú necesitas un heredero para que, un día, te tome el relevo en GE. Y hay muchas posibilidades de que yo no pueda tener hijos y un alto riesgo de que tenga más embarazos ectópicos.

Alekos la abrazó de nuevo, hundiendo la cabeza en su pelo.

–Entonces, no tendremos hijos. No puedo poner tu vida en peligro. Te necesito. Nada más importa. Da igual lo que me depare el futuro, quiero compartirlo contigo, lo bueno y lo malo –afirmó, estrechándola contra su pecho–. Mi cuerpo supo la verdad antes de que yo pudiera aceptarla. Cuando hacíamos el amor, era mucho más que sexo.

Sara se llenó de alegría. Escuchar la confesión de Alekos borraba todo el dolor que había pasado las últimas semanas. De pronto, el futuro le parecía un horizonte dorado.

–Mmm. Pero era buen sexo, ¿verdad? –dijo ella con una sonrisa traviesa y enamorada–. Creo que deberías recordármelo.

La risa de Alekos resonó dentro de Sara, antes de que sus labios se unieran en un apasionado beso.

–Es mejor que te advierta de que esta es la suite de luna de miel. Hay pétalos de rosa por todas partes –murmuró él.

Era cierto, descubrió Sara, cuando la tumbó en la cama, rodeada de pétalos. La desvistió despacio, besando cada centímetro de su cuerpo y, cuando le quitó la ropa interior y la besó en su parte más íntima, ella gritó que lo amaba. Lo repitió una y otra vez cuando la penetró y le hizo el amor con toda la ternura del mundo.

–¿Dejarás que te ame para siempre y me querrás tú también? –preguntó él en un susurro, estrechándola entre sus brazos después.

–Sí –prometió ella con todo su corazón.

Se casaron tres meses después, el día de Nochebuena, en una iglesia decorada con muérdago y hiedra y fragantes rosas rojas. Sara llevaba un vestido de satén y encaje blanco y un ramo de lirios blancos. Alekos estaba impresionante con un traje gris oscuro, pero fue su mirada mientras la novia caminaba al altar lo que arrebató lágrimas a su madre y sus hermanas. El padre de Sara llevó a la novia del brazo con orgullo, acompañados por Charlotte como dama de honor.

Después de la fiesta en casa de Lionel Kingsley en Berkshire, la feliz pareja voló a Sudáfrica en su luna de miel. Ambos querían ir a un sitio cálido donde no fuera necesario llevar mucha ropa.

La verdad fue que ni Sara ni Alekos se vistieron muy a menudo durante las tres semanas que se quedaron en un resort de lujo en la playa. Y, un mes después de regresar a Londres, Sara descubrió que estaba embarazada. Fueron momentos difíciles, hasta que los médicos confirmaron que todo estaba bien y la ecografía mostró la imagen de su pequeño latiendo en el interior de Sara.

Theodore Dimitri Gionakis, conocido como Theo, llegó al mundo dos semanas antes de lo esperado sin grandes problemas y, al instante, se convirtió en el centro de sus vidas.

–El amor lo cambia todo –dijo Alekos una tarde, mientras sostenía a su hijo en un brazo y abrazaba a su esposa de la cintura con el otro–. Tú me has cambiado, Sara mía. Me has mostrado cómo dejar que el amor entre en mi corazón y aquí se quedará para siempre.

–Para siempre. Me gusta como suena –contestó ella y se besaron, porque no hacían falta más palabras.

Bianca

Retenida… Embarazada de su hijo…

Cuando a Georgia Nielsen le ofrecieron contratarla de madre de alquiler para un enigmático hombre de negocios, no pudo permitirse decir que no. Pero antes de darse cuenta de que había hecho un pacto con el diablo se vio atrapada en una remota y aislada isla griega, sin posibilidad de escape, acechada por el inquietante amo de sus costas. Marcado por la trágica pérdida de su esposa, la única esperanza de futuro de Nikos Panos residía en tener un heredero. Pero la constante presencia de Georgia amenazaba con desatar el deseo que mantenía encerrado con llave en su interior desde hacía demasiado tiempo. Si quería que Georgia se rindiera a él, no iba a quedarle más remedio que enfrentarse a los demonios que lo perseguían…

UNA ISLA PARA SOÑAR

JANE PORTER

Acepte 2 de nuestras mejores novelas de amor GRATIS

¡Y reciba un regalo sorpresa!

Oferta especial de tiempo limitado

Rellene el cupón y envíelo a

Harlequin Reader Service®

3010 Walden Ave.

P.O. Box 1867

Buffalo, N.Y. 14240-1867

¡Sí! Por favor, envíenme 2 novelas de amor de Harlequin (1 Bianca® y 1 Deseo®) gratis, más el regalo sorpresa. Luego remítanme 4 novelas nuevas todos los meses, las cuales recibiré mucho antes de que aparezcan en librerías, y factúrenme al bajo precio de $3,24 cada una, más $0,25 por envío e impuesto de ventas, si corresponde*. Este es el precio total, y es un ahorro de casi el 20% sobre el precio de portada. !Una oferta excelente! Entiendo que el hecho de aceptar estos libros y el regalo no me obliga en forma alguna a la compra de libros adicionales. Y también que puedo devolver cualquier envío y cancelar en cualquier momento. Aún si decido no comprar ningún otro libro de Harlequin, los 2 libros gratis y el regalo sorpresa son míos para siempre.

416 LBN DU7N

Nombre y apellido	(Por favor, letra de molde)

Dirección	Apartamento No.

Ciudad	Estado	Zona postal

Esta oferta se limita a un pedido por hogar y no está disponible para los subscriptores actuales de Deseo® y Bianca®.

*Los términos y precios quedan sujetos a cambios sin aviso previo.

Impuestos de ventas aplican en N.Y.

SPN-03   ©2003 Harlequin Enterprises Limited

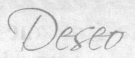

Amor en la tormenta
Maureen Child

Estar atrapado en una tormenta de nieve con su malhumorada contratista no era en absoluto lo que más le apetecía al magnate de los videojuegos Sean Ryan. Entonces, ¿por qué no dejaba de ofrecerle su calor a Kate Wells y por qué le gustaba tanto hacerlo? Con un poco de suerte, una vez la nieve se derritiera, podría volver a sus oficinas en California y olvidar esa aventura.
Pero pronto iba a desatarse una tormenta emocional que haría que la tormenta de nieve que los había dejado atrapados no pareciera más que un juego de niños.

¿Cómo iba a darle la noticia de que estaba embarazada a su jefe?

Bianca

Retenida… Embarazada de su hijo…

Cuando a Georgia Nielsen le ofrecieron contratarla de madre de alquiler para un enigmático hombre de negocios, no pudo permitirse decir que no. Pero antes de darse cuenta de que había hecho un pacto con el diablo se vio atrapada en una remota y aislada isla griega, sin posibilidad de escape, acechada por el inquietante amo de sus costas. Marcado por la trágica pérdida de su esposa, la única esperanza de futuro de Nikos Panos residía en tener un heredero. Pero la constante presencia de Georgia amenazaba con desatar el deseo que mantenía encerrado con llave en su interior desde hacía demasiado tiempo. Si quería que Georgia se rindiera a él, no iba a quedarle más remedio que enfrentarse a los demonios que lo perseguían…

UNA ISLA PARA SOÑAR

JANE PORTER